OLUF

MADS OG METTE

Rejsen til Japan med Mette, Mads og far Oluf .

Oluf sidder ved sit skrivebord og studerer bøger om Japan. Han har siddet hele dage og halve nætter ofte til kl 4 om morgenen for at sætte sig ind i de mange forskellige ting, som en Rejse til Japan indebærer. Det er ikke lang tid siden, han sad ved det samme skrivebord og lagde ruter for et besøg i USA, som han ville foretage sammen med sine to børn Mads og Mette. En dag gik det op for ham, at han måtte søge visum til landet for hele familien, da det var påkrævet af de amerikanske myndigheder. Han henvendte sig på udenrigsministeriets hjemmeside og blev ledt videre til den Amerikanske ambassades side for visumansøgninger, hvor det fremgik, at man skulle svare på en række spørgsmål, før man kunne blive godkendt. Et af spørgsmålene omhandlede narkotika. Oluf havde en gang røget marihuana i Nordnorge og var blevet taget af det norske politi, men det var over 46 år siden. Han mente ikke det kunne betyde noget. Men det gjorde det i høj grad. Hans datter Mette sagde, det var klogere at fortælle, hvad der var sket frem for at blive afvist i lufthavnen og miste flybilletterne. Oluf fortalte om hændelsen og blev straks nægtet visum og adgang til staterne. Gode råd var dyre, for rejse skulle de. Det var Olufs gave til sine børn, fordi de klarede sig så godt her i livet. Han havde glædet sig, og det havde de også, så da han i stedet besluttede sig for Japan, var de begge fyr og flamme.

Aften efter aften og nat efter nat pløjede han sig gennem de mange forskellige rejsebøger, han havde lånt på biblioteket, og jo dybere han trængte ned i emnet, des mere omfattende blev det.
　Først og fremmest skulle der bestilles flybilletter, og dernæst skulle de tre uger, de var væk, planlægges ned i mindste detalje. Japan var så omfattende en opgave, at han flere gange var lige ved at opgive og skrev sms-er til sin datter om, hvor meget lettere en rejse til USA ville have været at planlægge. Men hun svarede tilbage, at det nok skulle gå, og så fortsatte han.
　Han researchede og researchede og nåede endelig frem til en rute, som tilfredsstillede behovet for at se så meget som muligt uden at blive stresset. Han havde bestilt et 7-dages rejsepas, som gav adgang til alle Japans togstrækninger. Det var ikke nemt at få det til at fungere på den korte tid, men med lidt snilde og mange omlægninger lykkedes det ham til sidst at strikke en tur sammen, som nok skulle blive god. Ofte, når han var helt flad i hovedet af de mange muligheder, som landet frembød, kastede han sig hovedkulds i seng og havde mærkelige drømme om aflysninger og strandinger de forfærdeligste steder langt oppe i bjergene hos folk, som ikke forstod hans sprog, og som ikke var i stand til at hjælpe ham videre på rejsen.
　Det værste var, at han havde ansvaret for sine to børn, og det, at han var gået i kludder, smertede ham dybt. Men så vågnede han forfrisket og klar i hovedet og havde løsningen lige for hånden. Han skrev den nye rute ned og klippede den sammen med en, han tidligere havde lavet,

og nu gik puslespillet op på magisk vis. Det vigtigste var at være så grundig i forberedelserne som muligt ned til mindste detalje.

Han vidste, hvor lidt der skulle til for at ændre tingene fundamentalt fra de gange, hans liv havde taget en helt uventet drejning, fordi ubetydelige hændelser satte skub i en skæbnebevægelse aldeles udenfor hans kontrol.

Transformationen skete. Han vågnede op. Ved siden af ham i flyet sad en japanske dame. Hun var på vej hjem fra et besøg i Cairo, hvor hun havde lært traditionel ægyptisk dans. Hun havde været inde i Keopspyramiden. Det samme sted dybt i stenhobene, hvor kongen var begravet, og hvor Oluf mange år tidligere havde mødt englænderen med pendulet som opfangede de evige svingninger fra tidernes morgen. De var straks forbundne, og rejsen var begyndt. Det store fly, Airbus 360, med mange hundrede passagerer bevægede sig med en hastighed på over 800 km i timen hen over Mount Everest. Han stirrede ned på snemasserne, som dækkede bjerget og tænkte på i går.

Varmen i Abu Dhabi havde været overvældende. Som en ildstorm blæste heden langs husfacaderne og ramte deres kroppe. Der var 43 grader varmt. Han var nær dejset om med et hedeslag, men kom heldigvis under beskyttelse inde i en bars svalende aircondition. De slæbte sig ad broen over den trafikerede hovedgade med bilos og støj ned til stoppestedet, hvor den gamle bus slingrende førte dem tilbage til lufthavnen. Her fik et iskoldt bad i terminalens badeafdeling dem kølet af. De lagde sig allesammen på de bløde puder i afgangshallen og faldt i søvn tildækket af tæpperne, de havde stjået i flyet.

Mens børnene stadig sov, gik Oluf ned i lufthavnens Apotek og købte sig nogle syreneutraliserende tabletter. Han havde i et stykke tid lidt af halsbrand. Det hjalp også på hans mave, at han, da han kom tilbage, blev tilbudt et stykke blød banan af sin datter, der lige var vågnet.

De havde med megen møje fundet den offentlige strand, hvor en nepalesisk mand havde truet det lille selskab, fordi de havde anbragt deres rygsække i skyggen i kabinerne, hvor folk klædte om. - Det må man ikke, sagde han. - Man skal anbringe dem på sandet. - I heden hvor temperaturen sine steder når op på 100 grader, så man nemt kan spejle et æg der, hvis man vil ? spurgte Oluf og blev vred og skældte ud, så hele atmosfæren rystede. Hans to børn så vredt på ham og bad ham falde ned. Fornærmet gik han ud i det lunkne havvand i bugten bag stranden og lå og flød og kom til sig selv. Sank ned i fostertilværelsen og sprællede som en glad gople, som han altid gjorde, når han badede. Han gik op over sandet i sine klipklapper købt i Aldi, og tog en dusch. Vandet fra bruseren var brændende hedt. Manden som havde skældt ham ud, udsendte med regelmæssige mellemrum bip-lyde fra sin walkie-talkie. Det gjorde Oluf skruptosset. - Overvågning! skreg han og belavede sig på at komme derfra.

Langt ude i horisonten kunne man skimte den store kridhvide moske, som Oluf viste Mads i sin lille kikkert. Til venstre for moskeen stod de mægtige etihad-towers, som de besluttede at besøge. En taxi, de prajede på gaden, førte dem derhen i et snuptag. De ville helt op i toppen af tårnet, men da de hørte prisen, droppede de det, og nøjedes med at slå sig ned i de dybe læderstole i den store marmorsal under de mangefarvede diskotekskupler, mens de tyvstjal emirens falconer-internet.

Nede i den dyre afdeling, forbudt for fremmede, sad de hvidkitlede og turbanklædte sheiker og drak the, mens de diskuterede dagens børskurser.

Pengene strømmer ind til dette lille kongerige, som formøbler dem til vanvittige, komplet rodede byplaner med højhuse det ene større end det andet opført af underbetalt indisk og nepalesisk arbejdskraft. Et totalt kunstigt paradis skabt af jordens ressourcer. Opgravet, oppumpet olie fra milliarder af små havdyr, som levede her for æoner af år siden.

Ost i kasser, opvarmet mælk og små sorte bær overhældt med chilli var, hvad de forsynede sig med nede i det exorbitante supermarked under den store etihad bygning. Salat i gennemsigtige plastik skåle varsomt tilberedt af kyndige kokkehænder med rigelig arabisk flavour. Det hele indtaget i en kølig have ved foden af tårnet.

Nu sidder de midt i en turbulens over det sydkinesiske hav og skal snart efter morgenmaden til at lande i Japan i Naritas internationale lufthavn lidt udenfor millionbyen Tokyo. Myretuen venter!

Hæsblæsende dage i Tokyo ebber ud. Oluf ville jo så gerne genopleve sin ungdoms fede fester og havde udset sig sin womb. Moders mave som han så ofte besøgte, når han om morgenen svømmede ud fra badeanstalten og lå og plaskede, som var han i fostervand. En lille glad mand på vej ud i verden med sprællende ben og arme. Han udstødte sine gutturale lyde og råbte til de forbipasserende måger, som var på samme bølgelængde som han: - Hej I der, hvordan går det? De slog et smut ned over ham og sendte et sprøjt af guano ned i hans gamle ansigt, der med ét blev skinnende ungt. Så svømmede han i land og begav sig hjem til Lysmøllen, hvor han fortsatte sit arbejde med at planlægge ungernes tur til Japan.

Som nu er i fuld gang her i Shibuya crossing. For børnene frarådede ham at tage på diskoteket "Womb". De vidste godt, at hans gamle hjerte aldrig ville kunne tåle at danse en hel nat med alle de unge japanske kvinder og mænd. Det var også alt for dyrt at komme ind, og i morgen skal de rejse fra Tokyo og op i bjergene til Kusatsu, hvor der er varme kilder, man kan bade i, og det kan han nok bedre klare.

De var først ude ved byens største tempel, hvor zenmunkene boede. Der rensede de deres hænder i helligt vand, før de gik på opdagelse i byen under kyndig ledelse af Mads, som hele tiden førte dem nye spændende steder hen i sin evige jagt efter beklædningsgenstande og sko. Han fandt langt om længe et par lyse tennissko, som kostede en krig, men som gjorde ham lykkelig. Kvarteret han søgte sine ting i, blev hele tiden mere og mere raffineret, og tilsidst kom de til Matsumotos design-hus med det dyreste og fineste, man kan opdrive i verdensstaden Tokyo. Her traf Oluf en Japanerinde med den nydeligste lille spidse mund og de dejligste fregner. Hun sad ved et bord og var ved at løfte låget af en tallerken med dampende fisk. Han nærmede sig forsigtigt for ikke at forstyrre hende. Hun så op på ham og sendte ham et drilsk smil, som han gengældte, idet han satte sig ved siden af hende. I det samme kom Mads og Mette forbi og så deres far sidde inde bag krystalglasruden på den dyre restaurant sammen med en Japansk kvinde.
    Da han så sine børn stå udenfor, rejste han sig, takkede damen for selskabet, undskyldte sin opførsel, og gik ud til sine børn.

Toget dampede afsted på de ujævne sveller og sendte rytmen fra junglen op i Olufs hoved, så han blev helt skør af lykke. De grønne rismarker fór forbi de åbne vinduer i kupeen, hvor den lune, krydrede luft ramte ham i ansigtet med en behagelig blødhed. Rismarker plantet af kyndige hænder lå mellem små bebyggelser af pyntelige huse, hvor folk gik ind og ud og passede deres daglige dont, mens toget strøg forbi. Oluf sad med hovedet halvt ude, og lidt efter kom Mette også over i hans side og lukkede vinduet en tak højere op, så det nu var helt åbent. Der sad de så de to, far og datter i samme blide blæst og nød landskabet, som man jo gør, når man helt uforpligtende bliver ført forbi i et brusende tog. Mads derimod lå mageligt henslængt på et dobbeltsæde og sov de uskyldiges søvn. I drømme drev han væk i en kano på en flod dybt inde i Amazonas regnskov, mens de indfødte indianere lurede på ham gennem krattet.

Tokyo var forbi. Togrejsen var begyndt. Det første stop var Kusatsu højt oppe i bjergene. Oluf havde købt et Seishun18 pas, som gjaldt en måned på alle de almindelige jernbanestrækninger i skolernes sommerferie. Et sådant pas var meget nyttigt, da det kunne bruges af dem alle tre på samme tid indenfor en måned. Der var fem rejsedage på passet, og disse dage kunne vælges frit. I modsætning til det japanske railpas, som kun var gyldigt i 7 dage, hvor man så skulle nå så mange destinationer som muligt, for at få det fulde udbytte. Oluf havde købt et 7 dages pas til den store tur rundt i Japan, som skulle starte, når besøget i Kusatsu var slut. Op til Kusatsu brugte de det "lille" pas, og derfra og videre brugte de det "store". Sådan havde Oluf beregnet det hele, og det så ud til, at det var rigtigt beregnet. Foreløbig.

Bussen bragte dem fra Naganohara Kusatsuguchi, hvor toget havde endstation, videre op til Kusatsu på 25 minutter, og her stod Mayo og tog imod dem i sin store Toyota firehjulstrækker med et dejligt smil på læben. På vejen fortalte hun, at hendes mand var Buddhistisk munk, og at de skulle bo i hans tempel. Det passede Oluf godt ovenpå al den materialistiske tummel i Tokyo.

Der førte en stentrappe op mod indgangen, hvor en stor gong hang under et buet halvtag, og hvor adskillige statuer af forskellige guder paraderede. Flere af dem iklædt strikket hue og tørklæde!

De fik anvist deres logi, et stort værelse med måtter på gulvet og et lavt bord i midten med stole uden ben rundt om. Mayo var meget omhyggelig med at fortælle dem, hvorledes de skulle forholde sig i huset. Skoene af før man trådte ind, og rygsækkene skulle af vejen i et skab for sig selv. Hun udpegede de forskellige Onsen på et kort, og den største, som lå udenfor i det åbne landskab lige under de stejle bjerge, blev valgt som første punkt på eftermiddagens ekskursion.

De vandrede anført af Mette ned ad stentrappen forbi vaskestedet og den rindende kilde til at skylle ansigtet i, før man skulle op til Mayos mand for at bede. Herefter drejede de ned ad en stejl bakke og kom ud på byens torv, der var opfyldt af en brusende vulkansk bjergflod, som udspyede svovlholdigt irgrønt vand ned over store træfade beregnet til at opsamle det krystallinske sulfur. Stanken var let krydret af rådne æg, og rundt om det hele stod japanske mænd og kvinder og fotograferede. Det var sommerferie i Japan og familier med børn søgte op i bjergene for at nyde de varme kilder og vandre. De stod lidt og betragtede dette fremmedartede skuespil og gik så hen til et stort kar, som var forbundet med hovedfloden, og hvor folk sad rundt om med tæerne i det grønne vand. De følte på vandet med fingrende og konstaterede at det var brændende varmt og forstod ikke, hvorledes det var muligt for disse mennesker at sidde ganske roligt med fødderne nede i, hvad der nærmest måtte betegnes som vulkansk lava!

Mette førte dem først langt op ad bjerget, men det var den forkerte vej, og de måtte gå tilbage igen, indtil et behjertet ægtepar gelejdede dem mod den store hovedonsen. Her blev de skilt i mænd og kvinder. Mette måtte gå alene ind til de japanske damer, mens Mads og Oluf smuttede ind til mændene. Onsen var kæmpestor. Et friluftbad, hvor der strømmede skoldhedt vulkansk vand op i en hvirvel i midten. Store kampesten lå rundt omkring i karret, helt flade som man kunne sidde på, når man ellers var kommet i, og det var ikke nemt, for det brændte og sved blot man forsigtigt forsøgte at komme ned i væsken. Men med lidt tålmodighed lykkedes det far og søn at blive en del af onsenmiljøet, og snart sad de ligesom de andre japanske mænd nedsænket i det dampende fluidum med en hvid klud på hovedet, hvor den var anbragt, indtil man skulle bruge den som blufærdighedsdække til at skjule sit køn.

Da de kom hjem, viste Mayo dem rundt i huset. Det var traditionelt japansk, med sivmåtter overalt på gulvene, store skydedøre af bemalet papir og firkantede lave borde. Buddha statuer var stillet op overalt, og røgelsen hang tæt i luften. Nede i underetagen lå baderummet med et stort kar, fyldt med skoldhedt vulkansk vand, som kom fra en lille hane i væggen. Manden var munk, fortalte hun igen, og ham mødte Oluf om morgenen på vej ned i byen for at købe ind. Han sad på et stendige, der indhegnede huset og røg en cigaret. Han var svær om livet, og havde et venligt, lidt ladt ansigt. Han rakte en blød hånd frem mod Oluf og hilste ham. Oluf forsøgte sig på engelsk, og det lod til at manden forstod ham. -This is a very nice house, you have here. Manden nikkede. -And you are a buddhist monk? Oluf fortsatte samtalen. Manden så forvirret ud, da Oluf stillede ham spørgsmålet. Det så ud til, at han ikke rigtigt vidste, hvad han skulle svare. - I have always been very interested in zen buddhisme, sagde Oluf, for ligesom at føre samtalen videre. - It has been a key factor in my life, you know, cutting firewood in the right way, and the koans, which is a very simpel way to express something deep. Munken så uforstående på Oluf og pulsede på sin cigaret. Så knipsede han skoddet ned i en spand med vand. Det gav en sydende lyd, da gløden slukkedes. Munken så på Oluf med sine sløve øjne. Så svarede han: -Yes, a very nice house, my tempel is. Han rejste sig fra stenen og gik ind i huset. Samtalen var åbenbart forbi.

Det var tidligt på morgenen. Duggen hang på blade og træer, solen sendte sit skarpe lys ned gennem de smalle gader mellem små træhuse med persienner af finér og fint udskårne døre. Der stod krukker med planter langs husvæggene, og inde mellem husene sås små omhyggeligt anlagte haver med et lille alter og en statue af guden bagerst. Oluf gik langsomt forbi det alt sammen. Han nød at gå ganske alene og indsnuse atmosfæren i det fremmedartede japanske miljø. Butikker var der ingen af. Trafik af mennesker heller ikke. Jo, en enkelt gammel dame med sin taske på vej til indkøb. Det var det hele. Oluf gik ud ad vejen til venstre efter nedkørslen fra templet. Der så han en grøntsagsbutik, som var åben. Han gik derhen og tog de udstillede frugter

og bær nærmere i øjesyn. De var omhyggeligt stillet op i lige rækker. Kålhoveder, lange stilkede asparges, rodfrugter af mange slags, han ikke kendte. Store æbler, der var anbragt i papirsvøb, ligesom fersknerne, som var indpakket i lyserød crepe, og sidst men ikke mindst bananer, som det faldt Oluf ind, at sådan nogle måtte han købe som morgemad til sine børn, når de vågnede oppe i tempelhuset. Han udvalgte sig en klase og gik ind, hvor en gammel hvidhåret mand sad i en lærredsstol. Bag ham sad en krumrygget kvinde og gemte sig. Da Oluf holdt klasen op mod manden, rejste denne sig og kom nærmere. Klasen var nu mellem dem, og prisen skulle diskuteres. Japansk kunne Oluf ikke, og den gamle mand forstod øjensynlig ikke et eneste ord engelsk. Oluf spurgte: - How much? Manden mumlede noget, som Oluf ikke forstod, og derfor fik han den idé at få manden til at skrive prisen ned på et stykke indpakningspapir, der lå på disken. Oluf fandt en kuglepen i sin lomme og rakte manden den. Den gamle fumlede lidt med skriveredskabet, men fik dog skrevet en pris ned, som han straks fortrød og rettede til en, der var højere. Inde bag ved kommenterede kvinden højlydt mandens mumlen, og det var nok det, som fik prisen til at stige, tænkte Oluf.
Nu tog Oluf det afmålte beløb op fra sin pung, og lagde pengestykkerne på disken. Den gamle mand rystede på hovedet. Det var ikke nok. Oluf lagde endnu en mønt frem og rykkede den hen mod manden. Det var langt over, hvad der først var blevet skrevet på papiret. Kvinden inde bagved kom hele tiden med skingre kommentarer, og det var tydeligt, at her var det hende, der bestemte. Nu greb Oluf til et trick. Han førte mønten tilbage igen, og så spørgende på manden. Manden rystede ivrigt på hovedet og sagde noget, som kvinden gentog med samme lyde bare højere. Så tog Oluf den mindste mønt han havde og lagde den ved siden af og gjorde stoptegn med hænderne. Manden så forskræmt ind mod kvinden, som svarede med en strøm af ord, som åbenbart var en nødtvungen bekræftelse. Pengene blev indkasseret. Oluf fik sine bananer, og gik ud i det klare morgenlys med en følelse af, at have gjort en god handel.
   Idet han passerede Yumos mand, som stod og slog morgenen ind på sin gong, faldt han, lige så lang han var, i en bananskræl som munken tilfældigvis lige havde kastet fra sig. -Så kan du lære det kære Oluf, sang gongen med sine dybe toner. Oluf rødmede klædeligt og gik op og serverede bananer til morgenmad for sine to sovende børn.

Der var vulkansk aktivitet i nærheden, havde de hørt, og især Mette var vild med at opleve en rigtig vulkan, og se den flydende lava boble og dampe nede i dybet.
   De gik op mod busstationen, efter de havde indtaget et herligt morgenmåltid med pandekager i en lille kaffebar nær ved den store plads med svovlfloden (Bananerne var ikke nok!). På stationen fik de at vide, at der gik en bus op i området, men at selve den aktive vulkan var afspærret, da der var mulighed for, at den ville eruptere hvert øjeblik. Nå, men ikke desto mindre ville de derop. De købte billetter til bussen, som gik en halv time senere, og satte sig til at vente med fødderne nede i en brønd med skoldhedt mineralvand.
   Overalt i byen var der brønde, man kunne sidde med fødderne nede i. Det var praktisk taget eet langt fodbad, det hele!
   Bussen kom og bragte dem ad snoede veje til vulkanens fod, hvorfra der gik en svævebane op til stien mod krateret.
   Mellem skovbevoksede kløfter, hvor størknede lavaformationer tittede frem, gled de lydløst op ad den vibrerende stålwire, som bar deres gondol. De styrede, straks de kom ud, direkte hen mod de afspærrede stier, som førte mod den aktive vulkan, men blev brat afbrudt, da en kontrollør kom løbende, mens han krydsede armene i luften og råbte noget på Japansk, de ikke forstod, men alligevel forstod godt nok til, at de standsede. - No, no, no, råbte manden, nu på engelsk.- Very dangerous! The other way! Så måtte de vende om, og gå væk fra det afspærrede område, som Mette så gerne ville se. Manden pegede op mod et andet bjerg: - This way, other vulkano, not dangerous! Det var ikke til at misforstå. De havde forsøgt at komme ind i det aktive område, men det var øjensynlig for farligt, så de traskede op ad den alternative sti mod de andre ikke aktive og derfor mindre spændende vulkaner. Men det var også noget af en tur, de nu kom ud på.

Det var en stejl opstigning gennem junglelignende buskads med store stentrappetrin, der skulle forceres, og som især Oluf, den nu 75 årige fader til de to børn, fik lov at føle.
   Da de i sin tid besluttede at gå op mod vulkanen, var de kun iført klipklap sandaler, og da de ikke vidste, hvad de skulle, når de var kommet op med bjergbanen, havde de ikke skænket det en

tanke, at fodtøj var vigtigt, når man skal bestige bjerge! Men nu var de i gang, og så måtte de også fortsætte. De kravlede og sled sig opad. De passerede små skilte, som forkyndte, at der nu kun var få kilometer tilbage til toppen, og hver gang standsede de og pustede og stønnede, for skønt de var højt oppe, var det stadig næsten 30 grader i skyggen.

Forbavsende nok klarede de det alligevel op til toppen af den første af tre udslukte vulkaner, og her blev de pludselig overhalet af et japansk selskab af bjergbestigende kvinder iført pigstøvler og vandrestave. Da de veludrustede damer så, hvad Olufs børn og han selv var iført, udstødte de forskrækkede hvin. De rystede på hovedet og kunne slet ikke forstå, hvordan det var muligt, at nogen ville forsøge at bestige bjerge i klipklap sandaler!

Mads sad på en sten og hvilte sig, mens karavanen defilerede forbi, og han vrikkede bare med tæerne og så på damerne og sagde: -No problem!

Der var stadig lang vej igen. De skulle vandre langs randen af den første store vulkan et langt stykke med dybe skråninger til begge sider. Dernæst skulle de klatre op over to mindre kraterområder med en lille sø imellem, før de atter kunne begynde nedstigningen på den modsatte side af bjerget. Oluf begyndte at føle trætheden. De to store børn var kommet godt i forvejen, og han kravlede og stolprede afsted for at holde tempoet. Nu og da løftede han sine fødder for at se om sandalerne holdt, eller om det tynde bånd, som sad mellem tæerne, var ved at blive slidt over. Han kunne godt mærke, at de sad løsere end før. Gik de i stykker, var han prisgivet. Han kunne under ingen omstændigheder gennemføre nedturen barfodet. Eller i det mindste ville det blive på blodige fodsåler og under store lidelser, for stenene, han gik på, var knivskarpe og store og væmmelige. Følte han. De sten var parat til at tage livet af ham. Hans åndedræt var pustende, og han tænkte på døden. Børnene var nu helt ude af syne nede i slugten, som førte den lange vej tilbage. Hans hjerte hamrede, mens han snublende banede sig vej hen over de store lavasten. Nu og da fik han en trækning ud i venstre skulder. - Var et infarkt undervejs? Tænk, hvis han styrtede om nu. Så ville det blive mørkt, og børnene ville ikke finde ham. Hans gode ven Arthur hjemme i Danmark fik sidste år et hjerteslag og måtte have lavet bypass. Skulle han nu også igennem en sådan operation? Tankerne fløj gennem hovedet på ham, mens han stred sig frem. Nogle fugle fór op foran ham med mærkelige skrig. - Var det skæbnen, at han nu skulle omkomme på en vulkan? Lige som en anden god ven, Asger, som var omkommet i en lavine i Alperne. De fandt ham først året efter "frossen" i en isblok! Sådan blafrede synerne foran hans ansigt. Han sank sammen af træthed. Han kunne ikke mere. Og så med ét, - lyden af en summende wire!

Det var bjergbanens hjul og maskineri han kunne høre. Han følte glæden i sit hjerte. Han var ved målet. Med stor taknemmelighed skimtede han en åbning i bevoksningen langt fremme, hvor hans to store børn stod og vinkede til ham. - Hej daddy, her er vi. Du klarede den!

På vej nedad i den snævre gondol, var de allesammen meget trætte. Det første, de gjorde, da de landede, var at tømme kiosken for Snickers, som de med stor grådighed gnaskede i sig, mens de ventede på bussen, som skulle køre dem tilbage til byen igen.

Oluf var vild med ramen. Denne ret, som består af en suppe kogt på fisk, svine eller oksekød med nudler og forskellige grøntsager af kåltypen. Spises med pinde og en lille porcelænsske ofte stående foran køkkenet, hvor retten tilberedes af kokken og hans medhjælper.

Oluf havde første gang smagt den i Tokyo, hvor børnene var blevet efterladt i en grillrestaurant for at spise frokost, mens han selv stod på et lille ramensted, der lå nogle blokke længere nede ad gaden. Hver gang han talte om ramen rynkede de to unge mennesker på næsen. Det var især kødstykkerne i suppen, de ikke kunne lide. De syntes det så ækelt ud. Oluf syntes retten var pragtfuld, og den sidste aften i Kusatsu, hvor de ville ud og spise, skulle det helst være et sted, der både serverede ramen og retter, børnene havde smag for. De trawlede byens restauranter igennem, men enten havde de kun ramen, eller også havde de kun andre retter.

Inde bag et tempel lå et beskedent spisested, hvis spisekort var udelukkende på japansk. De stak hovedet ind og spurgte efter et spisekort på engelsk. Der sad et japansk par ved et bord lige ved indgangen. Da manden så, de var i vildrede, sprang han op og spurgte, om han kunne hjælpe. Den japanske høflighed og vilje til at få ting til at fungere viste sig øjeblikkelig. Da han forstod, at de ønskede en restaurant, der serverede både ramen og grill, forlod han sit bord og sin borddame med en kort undskyldning og sprang, idet han opfordrede dem til at følge med, ud på gaden og ned langs elven med det brusende svovlvand, indtil han nåede en trappe, som førte op til en restaurant, de ikke havde set før. Her stod han vinkende og pegede på det engelske spisekort,

som både rummede ramen og de andre retter, som børnene søgte. Han smilte til dem: - Here you are! Således bekræftedes de atter en gang i, hvor hjælpsomme og søde japanske mennesker er. Han havde rejst sig fra sit bord og sin ledsager og var løbet ud i byen ene og alene for at vise dem vej til en restaurant de kunne lide. Chokerende at opleve noget så fjernt fra almindelig dansk standard og ligegyldighed!
De fik pizza og øl og Oluf fik sin elskede ramen.

Det var dagen, hvor rejsen på det 7 dages japanske rejsepas skulle begynde. Mayo havde lovet at køre dem til busstationen. Det øsregnede, og det havde det gjort hele natten, så vandet drev af planter og huse. I deres værelse havde de ryddet op og gjort rent. De tog allesammen en tur i husets onsenkar i det skoldhede vand, før de gjorde sig klar til at gå. Oluf havde købt nogle bananer hos den lille grønthandler, og var blevet gode venner med ham, så han fik dem billigere end første gang. Ruller med små kiks og chips og vand udgjorde deres morgenmad. Så kunne de senere købe nogle sandwich på togstationen. De fik stablet deres rygsække og Madś rullekuffert ind i Mayos Toyota. Mads havde valgt rullekuffert i stede for rygsæk, som Mette og Oluf brugte. Det var svært for ham, når de skulle op og ned ad trapper. Til gengæld var det lettere, når de skulle gå lige stræk, for både Oluf og Mette havde pakket deres rygsække godt til, så de vejede mere end rimeligt er, når man skal transportere på ryggen.

På stationen sagde de farvel og et kram til Mayo og steg op efter at have anbragt bagagen i rummet i bussens bund. En halv time kørte de ned mod togstationen, hvor rejsepasset første gang skulle tages i brug. Her blev købt sandwich, chokolade, vand og cigaretter. Desværre var også Mads begyndt at ryge, smittet som han var af sin søsters idelige nikotintrang. På efterskolen, som han netop havde afsluttet, var han begyndt i det små sammen med kammerater, der tog ud i en nærliggende skov og røg cigaretter, da det var strengt forbudt at ryge indefor skolens territorium. Nu måtte Oluf konstatere, at han havde fået to rygere med sig på rejsen. - Nå, never mind. Han havde jo også selv røget engang, og var holdt op. - Og det ville de sikkert også gøre. Forbud hjalp ikke. Det vidste han med sikkerhed. Så efter at den velforsynet til den lange rejse, som skulle vare det meste af dagen, steg de ombord i toget og fandt sig en plads i en behagelig airconditioneret kupé med 4 sæder, som kunne slås tilbage, så hvile og ro indfandt sig
.
Første stop skulle egentlig have været Matsumoto, en stor by centralt i Japan med forskellige seværdigheder, som især Mette havde fået øje på, når hun gennemtrawlede "Lonely Planets" digre værk om landet. Men Oluf havde ikke kunnet få togplanen til at passe. Skulle de nå Matsumoto, måtte de overnatte på en lille jernbanestation højt oppe i bjergene, da der ikke gik tog videre herfra før om morgenen, og de ville ankomme lidt over midnat. Det ville blive en kold fornøjelse, som Oluf ikke ville udsætte sine børn for. Derfor valgte han at rykke deres ophold frem til en by på vejen, hvor de ville ankomme om eftermiddagen. Så kunne de fortsætte rejsen den næste dag mod Takayama. Byen hed Oshama-shi, og her ville de efter aftale med deres vært blive afhentet på stationen. Det var et bjælkehus afbildet på airbnbs side, der tiltrak sig Olufs opmærksomhed, da han valgte, hvor de skulle overnatte. Et rigtig schweizer hus med udhæng og en frodig have omkring. Huset lå i en spredt bebyggelse på en stor åben slette dækket af rismarker og omgivet af høje bjerge med sne. De såkaldte japanske alper. Yumiko var deres vært, men hun ville ikke være der, når de kom. Det var Yumikos forældre, som boede i huset, og det var Yumikos far, der skulle hente dem. Den sidste del af turen mod Oshama-shi var tung for selskabet. De måtte skifte tog flere gange, og det sidste tog var et lokaltog med stop ved hvert eneste lille trinbræt undervejs. De var godt sultne, og især Mette var utilfreds, fordi hun fandt ud af, at Oluf havde regnet forkert med togplanen, så de faktisk godt kunne have nået Matsumoto uden at måtte overnatte i frostvejr på en bjergstation. Men det var for sent nu, for schweizer huset var booket for natten, og værtens far stod og ventede dem, når de ankom.
De steg af toget med deres tunge rygsække og Mads rullekuffert og gik ud foran stationen og spejdede efter nogen, der kunne være Yumikos far. Der var mange små ivrige japanere, som fór hid og did ved togankomsten, og ud fra mængden kom en lille ældre mand løbende hen mod de tre høje skadinaviske mennesker med deres svære oppakning. - Here - here! råbte han, og fortsatte med en strøm af japanske gloser, de slet ikke forstod. Oluf viftede med armene, og sagde Hello på engelsk, og Mette grinte og Mads smilte genert, da manden henvendte sig til dem. Han

gestikulerede, mens han snakkede med en blanding af få engelske gloser og en masse japansk, at de skulle følge med ham. Hen til hans store Mitsubishi, som holdt ved aflæsningspladsen nær ved. Helt ny var den. Med automatgear, lædersæder og aircon. De satte sig ind. Oluf på forsædet forsøgte at gøre manden forståeligt, at de var meget sultne ovenpå den lange togrejse og gerne ville hen et sted for at købe noget at spise. - Supermarket! fløj det ud af munden på manden, og så styrede han målbevidst bilen ned ad en sidevej og ud på en hovedvej, for snart efter at køre op foran et stort japansk indkøbscenter.

De stormede ind og spredtes for alle vinde i det enorme airconditionerede rum. Der var montre med færdigpakkede retter i tusindvis. Kager og desserter, oste og fisk, pizzaer og nudler i alle afskygninger. Børnene løb rundt ellevilde af sult og begejstring over det store udbud og samlede ind i kurve, de havde på armen. Oluf fik lige sagt et par formanende ord om økonomi og mådehold, inden de kastede sig over de mange herligheder. Da alle havde forsynet sig, mødtes de ved kassen og gjorde boet op. Der var købt for lidt over halvdelen af det daglige budget på 10.000 yen, og det syntes Oluf var meget godt. Han havde selv valgt et stort bæger yogurt og en salatanretning med kogte nudler og tun, samt en kage med svesker. Børnene havde fundet sushi bufféen og taget 3 store bakker med forskellige ruller med laks, tun og tang plus store sodavand og også noget japansk kage med grøn gelé. Nu kunne de køre hjem til bjælkehytten og blive indkvarteret, før de skulle spise sig mætte i de indkøbte lækkerier.

Hr Wu var meget glad for at vise sit hus frem. Fru Wu stod bag sin mand og smilte, da de trådte ind i entreen. Hun var en lille kraftig dame og talte ikke et ord engelsk. Hr Wu førte ordet, mens de blev vist rundt. Allerførst stødte Oluf hovedet på en loftbjælke, som sad lavt svarende til husets små beboere. Gudskelov havde han kasket på. Ellers havde han fået en kraftig flænge i panden! Børnene grinte ad ham og sagde, at han skulle bukke sig næste gang. Fru Wu tog sig til munden af forskrækkelse og hentede en våd klud for at køle hans pande. I det samme skræppede to farvestrålende papegøjer, som sad i et bur på væggen, op i begejstring over den pludselig opståede leben. Hr og fru Wu tyssede på dem, mens de smilte genert. Det var åbenbart deres kæledyr.

De blev vist ovenpå i huset. Det hele var råt træ. Store fyrreplanker kilet ind i hinanden. Trappen var tilhuggede kævler og væggene uhøvlede fyrrebrædder. De fik tildelt et stort rum, hvor der var lagt 3 madrasser på gulvet. Da de kom ind, kunne de mærke en lugt, de ikke kunne fastslå, hvor kom fra. Nærmest som en kat der havde strintet et sted. Oluf åbnede straks alle vinduerne i værelset for at lufte ud.

Huset fløj med ting. I køkkenet var alle bordene optaget af skåle, flasker og bestik. Det var meget overvældende. De satte sig til bords og pakkede deres indkøbte mad ud. Det de ikke kunne spise med det samme blev sat i køleskabet, sammen med familiens mange rester og glas med underligt indhold. Fru Wu kom med mere mad. Hun lavede omelet og grøn the. Mens de spiste, forsøgte de at opretholde en samtale, men det var svært helt at fange tåden. Det gik dog op for Oluf, at hr og fru Wu samlede på de mennesker fra hele verden, som havde besøgt dem.

Hr Wu fremviste stolt en tyk bog med hundredevis af billeder af folk fra forskellige lande. Der var lige fra Islændinge til Jamaicanere, og alle var de blevet fotograferet med hr Wus polaroidkamera i nøjagtig samme position og på nøjagtigt samme sted ude i deres have.

De var mætte og sagde, de ville hvile sig oppe på værelset, men så blev hr Wu utålmodig og pegede på bogen for at vise, at han gerne ville have et billede af Oluf og hans familie ude i haven med det samme. De traskede derud og blev stillet op nøjagtig som på billederne af de andre gæster. Så knipsede hr Wu. Oluf fik en kopi, og det andet billede blev sat ind i scrapbogen, hvor de skulle skrive deres navne nedenunder. Da de var færdige og ville trække sig tilbage, stoppede hr Wu dem endnu en gang og bad dem komme ind i hans kontor, hvor en stor computer med skærm var opstillet. Nu skulle Oluf fortælle, hvor han boede i Danmark, og straks gik hr Wu ind på google earth og fandt stedet i Danmark med billede af Olufs lille hus med stokroser og det hele. - Det var fandens, tænkte Oluf. - Man kan ikke gemme sig nogen steder. Selv ikke i sit eget hjem! Manden satte en rød plet på hans hus i Danmark, og Oluf så, hvorledes der var røde pletter på kortet overalt i verden. De to gamle samlede virkelig på mennesker og anbragte dem på nåle ligesom sommerfugle. Oluf følte sig lige pludselig som Hans og Grethe på besøg hos ulven i den gamle bedstemors forklædning! Hvad blev det næste?

Han fortalte Mads og Mette om sine tanker, og de svarede, at han måtte være sindssyg at have sådanne spekulationer. - Det var jo blot to ældre lidt ensomme mennesker, der bare ville dem det bedste. - Ja lad os nu se, om vi er i live i morgen, svarede han.

Det begyndte at regne, og Hr Wu ville køre dem hen til et onsen bad lidt udenfor byen. Det var jo en udmærket ide. Der var ikke meget andet at lave, og omgivelserne herude på landet havde ingen seværdigheder at byde på, så de kørte afsted alle fem med paraplyer og extra håndklæder, som fru Wu gav dem i hånden.

Det var et stort etablissement med afdelinger for kvinder og mænd. Fru Wu gik med Mette, Hr Wu, Oluf og Mads gik for sig. Og så gennemgik de de nødvendige ritualer med at sidde på en lille skammel og vaske sig med vand fra en træbøtte foran. Hvorefter de kunne glide ned i det skoldhede vand, og ligge og nyde kroppens totale afslappelse. Et af badene var ude i haven, og her tilbragte Oluf og Mads det meste af tiden, mens regnen silede ned i deres ansigter og kroppen bare gassede sig under det varme vand.

Regnen fortsatte hele natten. Oluf lå og lyttede til den endeløse sang fra dråberne på taget. Han tænkte på, hvorledes resten af rejsen skulle forløbe, hvis det bare blev regn hver eneste dag. Det var jo i regntiden, de var der. Det vidste han godt, og havde også været skeptisk når planerne skulle lægges. Men nu var de taget afsted, og så måtte de klare sig, også hvis turen skulle drukne i regn. Han faldt efterhånden i søvn, var kun oppe en enkelt gang for at tisse og passede gevaldigt på ikke at ramme hovedet mod loftbjælken, når han gik ned ad trappen.

Om morgenen var regnen imidlertid hørt op. Solen skinnede ind gennem de små vinduer og åbenbarede en skyfri, lyseblå sommerhimmel. Børnene sov dybt. Klokken var kun 7. Oluf listede forsigtigt ud af rummet, tog tøj på og gik ned i haven. Der lød en skarp susen fra bækken, som flød under indkørslen, og som på grund af nattens regn var ved at gå over sine bredder. Den løb langs med vejen og førte ud til de åbne rismarker, som skinnede lysegrønt i solen. Oluf vandrede stille afsted og nød den jomfruelige morgen. Bjergene lå som afskærmning hele vejen rundt om det flade lavland. Nogle af dem havde endnu sne på toppen. Han indsnusede den friske morgenluft og konstaterede, at her faktisk ikke var så slemt endda. Efter at have spadseret nogle hundrede meter kom han til et hus med en velplejet have. I haven voksede der store orange blomster, som stod og nejede på deres lange stilke. En af blomsterne fangede Olufs interesse. Den udsendte et mærkeligt violet lys omkring kronbladene, og han blev opslugt af dens skønhed. Stod stille og betragtede og lod sig betage af blomsten. Da skete det, som nu og da skete for Oluf. Han blev følsom for de fine udladninger, blomsten udsendte for at gøre opmærksom på sig selv. For at medvirke til forplantningen og videreførelse af arten havde blomsten en hemmelig kilde, som den øste af og som Oluf fornemmede. Det var et magisk øjeblik dér ganske alene midt i det fremmede Japan at få kontakt med en blomst på den måde. Han stod længe og var udenfor tiden og eet med øjeblikket. Så vendte han om, og begav sig tilbage til huset og sine sovende børn.

- Du skal med ned og se morgenen, sagde han til sin store datter, der lå og halvsov, men vågen nok til at høre hans stemme. - Hvad siger du? Hun krøb sammen under dynen og så op på ham med søvnige øjne. Mads sov stadig dybt. Der var ingen mening i at forsøge at vække ham. Det vidste han af lang erfaring. Mette så på ham: - Hvad er der, regner det ikke mere? - Nej, det er helt hørt op. Solen skinner og det er en fantastisk morgen. Kom op, så går vi os en lille tur før morgenmaden. Der er noget jeg vil vise dig.

Mette kom hurtigt i tøjet, og sammen spadserede de ud i den af regnen nyvaskede morgen. Solen spillede med sine stråler i de glitrende risplanter og himlen åbnede sig omkranset af de takkede bjerge. De gik stille uden at sige noget. Begge var de grebet af den intense morgenstemning.

Mette er en følsom pige, der med intuitiv hurtighed opfatter de små nuancer, som også Oluf sætter så stor pris på. Da de efter nogen tids spadseren nåede de orange blomster i den lille velplejede have udenfor huset, hvor Oluf havde været tidligere, standsede de. Oluf pegede tavst på de store kronblade, som stadig i den kølige morgen havde dette blålige skær omkring sig. Han så på Mette og sagde: - Kan du se, blomsten taler til dig? Den fortæller alt, hvad der er at sige i denne verden. Mette nikkede: - Det er ligesom den gør os opmærksom på, at alt er i orden. At intet mere, hverken skal tilføjes eller fratrækkes. Den er der bare i fuld flor, og det er nok!

Ja det er nok, sagde Oluf. - Nok er nok. Han gav sin store datter et knus, og de gik langsomt tilbage mod bjælkehytten og morgenmaden og Mads, som var vågnet og lå og hyggede sig med sin iphone. - Vi har lige talt med en blomst! sagde Mette, idet hun lagde sig ned ved siden af sin bror. - Hvad sagde blomsten? spurgte Mads. - Den sagde, at du skulle se at komme op, så vi kan få os noget morgenmad. - Sagde den det? Mads rejste sig op i sengen. - Sagde den virkelig det? Jeg vil gerne snakke lidt med den blomst og høre, hvad den ellers har at sige. Mette fniste. Så gik de allesammen ned i stuen, hvor fru Wu havde dækket et formidabelt bord med omelet og kage og resten af de nudler, de ikke havde spist i går. Der var også ferskner og grøn the igen, som sædvanlig! Der var altid grøn the i Japan, uanset hvor de vendte sig. Grøn the var den store dille. Man kunne få is af grøn the. Og yoghurt, grøn af grøn the. Og grøn the chokolade. Ja det var endeløst med den grønne the!

De nød deres morgenmad, og skulle jo også afsted. Men de kunne ikke rigtig beslutte sig, for der var alligevel så dejligt hos hr og fru Wu. Og der var også nogle lam og får lige ovre på den anden mark, som fru Wu mente, de skulle se.

Hr Wu hjalp Oluf med at få rejseplanen til at passe. Han kendte forbindelserne og mente, det var hurtigere og en kortere vej, hvis de tog bussen til Takayama. Men Oluf ville med tog, for de havde deres togpas, og det skulle bruges, og hvad vigtigere var; de skulle ud og køre med de nye højhastighedstog, Shinkansen, og det ville ingen af dem undvære for en bustur, der nok var kortere, men samtidig dyrere, og som udelukkede Shinkansen.

Men for at være lidt længere hos hr og fru Wu, og for samtidig at nå at komme over og se de små lam og fårene, bestemte Oluf, efter at have rådført sig med hr Wus rejseplan, at de skulle udsætte afrejsen to timer. Mette, Oluf, Mads og Fru Wu spankulerede derfor i gåsegang hen over flere grøfter og forbi en nedlagt fabrik for at nå hen til en flok får, som gik og græssede bag en vildtvoksende hæk. De små lam klemte sig op ad deres mor, mens bukken nervøst bevægede sig frem og tilbage foran sin flok. Mette rakte noget græs, hun havde plukket, ind mod et lille lam i nærheden, og minsandten så løsrev det sig fra moderen og kom hen og nippede af stråene. - Nåe, hvor er de søde, og fru Wu smilte og Mette smilte, og Mads tog et billede af hele sceneriet med sin iphone. De gik tilbage og pakkede deres store rygsække og rullekufferten, for hr Wu skulle køre dem til stationen, og der var ikke lang tid til toget skulle afgå.

De vinkede farvel til fru Wu, som stod og smilte på Japansk og nikkede i indkørslen ligesom de små dukker, man kan købe som souvenir.

I løbet af få øjeblikke var de på stationen, fik sagt farvel til hr Wu, fandt deres tog, som snurrende stod og ventede ved perronen, og var atter på farten!

Shinkansen var en oplevelse, de havde set frem til. De ville ikke under nogen omstændigheder undvære en tur med de nye japanske højhastighedstog. Derfor havde Oluf bestilt det japanske jernbane-pas, som også inkluderede befordring med Shinkansen. Den næste rute fra Matshimotu til Takayama skulle foregå med disse tog. Den lille lokalbane bragte dem med mange stop til hovedstationen, hvor de skulle skifte over til en helt anden linje, som brugte andre spor, som kunne bære de lange, svære tog, når de nåede op på den høje fart. Man skulle først ud gennem lokalselskabets kontrolposter, før man kunne komme ind i de helt nye stationsbygninger som rummede afgangsperronerne for de superhurtige tog. Alt på disse stationer var skabt i futuristiske former, nærmest som var det en lufthavn, man befandt sig i. De fik slæbt sig op gennem de mange trapper og gange, som førte til perronen, hvor de anbragte sig ud for en bås, der var markeret med adgang for passagerer uden reservation. De ventede, mens de spiste chokolade og tyggede tyggegummi, som de havde købt i en kiosk på vej op. Uret viste, der nu kun var et halvt minut, til toget skulle komme, og ganske rigtigt da sekundviseren passerede 12, lød der en svag susen. Oluf stod parat med sit kamera for at filme det hele, og så i det fjerne en sølvhvid snude af et dragelignende væsen dukke op. Den gled lydløst hen mod dem, og Mette nåede i sidste øjeblik at få et snapshot af dens spidse forparti med de små flyvinduer, der lignede grønne øjne. Skærmen foran dem gled tilside, døren til kabinen åbnede sig, og de kunne træde ind. Der var plads nok, kun få sæder var optaget, så de kunne brede sig, og Mads fik plads til sin rullekuffert uden besvær. Der lød et smæld, de lufttætte døre gled i, og toget satte sig i gang.

De var meget spændte og sad klæbet til vinduet, mens farten speedede op. Det var meget mærkeligt, for lidt efter var de allerede ude i forstæderne, og farten øgedes hele tiden. Døren for enden af gangen gik op. Ud trådte en ulasteligt klædt officer iført kasket med hvidt bånd, guldsnore på brystet og hvide handsker. Han så ned over kupéen med stiv mine. Så bukkede han ærbødigt for at signalere, at de nu var ombord på den ultimative transportform, som kun Japan kunne tilbyde, og at de måtte nyde turen med hans fulde velsignelse. Det skabte en stemning af højtid, og Oluf, Mette og Mads sad alle andægtigt og iagttog, hvorledes toget bevægede sig hurtigere og hurtigere ud i det åbne terræn. Oluf bemærkede, at farten nu var så høj, at man følte, man lettede. Ligesom når de fløj med de store fly, og landskabet fór forbi vinduerne i forrygende fart, lige før maskinen slap jorden.

350 km i timen var marchhastigheden og den havde de nu nået, og således rejste de mod Takayama den dag. De var nødt til at skifte til et langsommere tog på den sidste del af strækningen for at komme helt ind til byen, hvor shinkansen ikke nåede. Det bekom dem vel, for her var helt æventyrlige bjergformationer med brusende elve og skovbevoksede høje, små landsbyer med kunstfærdigt anlagte rismarker og en forfriskende luft, de kunne nyde med hovedet ud ad vinduet i de almindelige kupeer uden lufttætte skodder og højtidelige kontrollører. Al skønheden blev dog til sidst for meget for de to børn. De faldt i søvn i hver sit hjørne og vågnede først, da Oluf vækkede dem, idet toget rullede ind på stationen i Takayama.

Tom havde briefet dem over nettet via airbnb, som var den måde, de fandt opholdssteder på undervejs. De vidste jo ikke præcis, hvornår de ville ankomme til et sted. Eller om de overhovedet ville derhen. Det hele blev planlagt spontant, og det var netop charmen ved denne rejseform. Selvfølgelig var der visse ting, der var givet. F.eks. rejsens totale længde, men indenfor disse rammer var der frit spil, og det gav ofte anledning til vilde diskussioner i den lille gruppe.

Så var Mette sur på Oluf, fordi han hele tiden skiftede mening. Oluf syntes ikke, at rejseplanen skulle være altfor stram. Til gengæld mente Mette ikke, man behøvede at være i god tid, når man skulle nå et tog eller en bus. Oluf ville helst være der så tidligt, at man kunne møde "uforudsete hændelser" som han beskrev det. Det syntes Mette var noget fjolleri. Hun havde rejst alene i både Vietnam og Nepal og havde altid nået det, hun skulle. Mads tog det hele mere roligt. Han var ankerpersonen, som bragte ro over gemytterne, når Oluf og Mette kom op at tottes. - Det er for fjollet med al den råben og skrigen, sagde han. - Fald ned!

Og så faldt først Oluf ned. Han kunne godt se, at hans børn havde ret. Han var ofte pedantisk optaget af at gøre alt så perfekt som muligt. Han følte, at det var hans ansvar det hele og glemte at det var store "børn", han rejste med. Mette var 24 og Mads 17, og Oluf selv var 75. Så de var nok lige meget om det hele. Det var også det, som fik turen til at udvikle sig i en retning af større og større lighed de tre imellem. Som Mads en dag sagde til sin far: -Tænk daddy, jeg kan altså ikke forestille mig dig som "gammel". Og Oluf blev glad, da han hørte den bemærkning. Så var der ingen aldersforskel længere. Ingen generationskløft. De var bare tilstede i det samme nu allesammen på en rejse i et land, de ikke kendte på forhånd, og som de kom til at holde af sammen, fordi de oplevede det sammen.

Takayama stationen lå lidt udenfor centrum, og det var drønhedt, da de ankom sidst på eftermiddagen efter den lange togtur. Deres vært Tom havde lavet en rutebeskrivelse hen til sin lejlighed, som var en udfordring for de tre med deres tunge oppakning. De var godt svedte og trætte, da de endelig stod udenfor døren og skulle taste en kode ind i en hængelås, som sad foran et lille skab med en nøgle. Det lykkedes ikke første gang, Oluf prøvede, og lettere irriteret skubbede Mette ham væk og prøvede, men heller ikke hun kunne få åbnet, så de kunne få fat i nøglen. Det var først da Mads med professionel mine tastede ind, at låsen gav sig, og de kunne åbne og træde ind i en lille entré, som var fyldt med sko og sandaler fra de andre gæster. Deres rum var nr 3 på første sal op ad en stejl trappe, som de forcerede med besvær på grund af deres tunge rygsække og den store rullekuffert. Da de først var kommet ind, viste værelset sig som et åbent, rent og indbydende sted med en stor dobbeltseng og en madras på gulvet. Lidt efter dukkede deres vært Tom op. Det var en ung mand med afslappet og venlig udstråling. Han viste dem, hvorledes de kunne koge vand til the og kaffe, og også hvor de kunne vaske deres beskidte tøj i en vaskemaskine nedenunder.

Lidt efter dukkede et fransk ægtepar op, som Tom derefter inlogerede i et værelse ved siden af nr 3. Kvinden begyndte straks at stille krav om morgenmad og rengøring, og Oluf og hans børn trak sig stille tilbage til deres eget, da de hørte den skingre tone i kvindens stemme.

Alt på stedet var flot renoveret, og senere fortalte Tom, at det var ham selv, der havde istandsat det hele. Derfor ønskede han også, at de passede godt på området. Især ved badeværelset fik Oluf nøje besked om, hvorledes han skulle sætte en stor blæser i gang, så snart de havde været i bad, så rummet ikke fik fugtskader. Det forstod Oluf godt. Han var selv meget optaget af at holde orden. Det nærmede sig en livsfilosofi. Han sagde altid: - Kan man ikke holde orden i og omkring sig selv, hvorledes kan man da forlange orden af sine omgivelser? Det var noget, de talte en del om, og det var det, de lærte på denne rejse. At respektere hinanden, og behandle hinanden ordentligt. Derfor kunne de have lange samtaler om hvadsomhelst, og have dem uden at nogen følte sig trådt på. - Så vidt muligt... Det var ikke altid, de kom til enighed lige med det samme. Især Oluf og Mette kunne næsten blive rigtig uvenner, så Mette råbte: Fuck off! efter sin far. Men så gik Oluf lidt for sig selv, og indså hvor irriterende, han også selv kunne være, og så evaporerede den dårlige stemning lige så stille, og rejsen kunne fortsætte i fordragelighed.

De anbragte deres rygsække og rullekufferten i hver sit hjørne af værelset. Så havde de deres eget private sted, hvor de kunne finde deres ting. Oluf fik madrassen på gulvet, og de to store børn delte dobbeltsengen. De tog alle et forfriskende bad, og var så parat til at udforske Takayama.

Oluf havde læst, at der skulle være en bydel med meget gamle huse af træ, som indeholdt sakebryggerier. De satte gps på mobilen og fulgte den lille pil på skærmen, efterhånden som den ledte dem ind og ud ad krogede gader og befærdede veje. De måtte springe for bilerne, der kørte i venstre side, for som refleks kiggede de altid modsat, vant som de var til højretrafik. Det var en lang spadseretur, før de nåede området med husene. Der var nu ikke meget at kigge på. Det var lukkede facader af brunt træ, og kun nogle få souvenirbutikker havde åbent.

De var blevet sultne, og ville have noget mad, men det var sparsomt med restauranter. Mads, som var sakket lidt bagud, råbte at de skulle komme, og der hvor han stod, skjulte et snusket forhæng indgangen til et lokale, som genlød af høje stemmer. De skubbede det op, og så ind i et tilrøget rum, hvor en lang bar fyldte hele den ene væg. I den modsatte side stod lave borde på en forhøjning, og i et sidelokale var hele gulvet fyldt med små borde, alle omgivet af lokale mennesker, som sad i skrædderstilling på flade puder. Det var lige hvad der passede dem. De gik ind, og en venlig dame tilbød dem et bord i en separat bås, hvor de kunne sidde mageligt på puder og samtidig skue ud over resten af rummet og over mod baren, hvor et ældre ægtepar var ved at indtage deres aftensmad. Oluf opdagede, at den ældre herre smilte og nikkede venligt til ham, som for at byde ham indenfor. De øvrige gæster i naborummet lod slet ikke til at bemærke deres ankomst. De fortsatte højrøstet deres samtale, og skålede i sake og grinte højt.

Spisekortet var på japansk, men der var billeder, som de kunne vælge ud fra, så det varede ikke længe før de alle havde valgt deres ret. Oluf fik sin vane tro en herlig Ramen med et helt æg i toppen og rigeligt med ristede grøntsager over de traditionelle boghvedenudler. Mads og Mette fik begge nogle store indbagte rejer med forskellige svampelignende flager og ris til, og alt blev selvfølgelig spist ved hjælp af de obligatoriske spisepinde, som de efterhånden var blevet ret gode til at betjene. Oluf drak øl, og de andre drak vand. De sad stille og nød

stemningen i det lille værtshus. Oluf fik sin tegneblok frem og lavede en hurtig skitse af den venlige ældre herre ved baren overfor. Skitsen blev ganske god, så han lagde den på Instagram dagen efter. Han nød at tegne mennesker. Han ville helst tegne så hurtigt, at stregen næsten tegnede sig selv. Så afstanden mellem det sete og skitsen blev så lille som muligt. Ingen eftertænksomhed om det nu var godt nok, det han lavede. Så derfor kom der mange skitser, som ikke duede, men så en gang imellem lykkedes det, og personen fremstod i samme levende form, som den var set. Det var morsomt for ham at følge håndens bevægelser, og se dem synkronisere med det sete. Også under de lange togture lykkedes det Oluf nu og da at fange en persons udtryk og få det levende ned på papiret. Mads og Mette var vant til, at han tegnede undervejs. De fandt det rart, at de kunne efterlade deres gamle far uden at føle dårlig samvittighed, når de ville ud og ose butikker eller føjte rundt på steder, han ikke gad at være med til. Så satte han sig til at tegne, tiden gik i stå, og han blev overrasket over, hvor længe de havde været væk, når de vendte tilbage.

På vejen hjemover fra restauranten, hvor Mads havde afsluttet måltidet med en stor skål ramen ovenpå sine rejer, - for han var nemlig sulten, som han sagde, - passerede de et stort sted med hundredevis af spilleautomater. De var for trætte til at gå derind, men aftalte, at de ville prøve stedet næste dag. De vandrede videre og så et skilt med Mcdonalds på den modsatte side af vejen. Som om de ikke var mætte nok, blev de nu enige om at afslutte dagen med is og kaffe. Så var de også godt proppede og kunne gå det sidste stykke hjem til deres bolig. Klokken var halv elleve, da de tørnede ind. De sludrede lidt om dagens begivenheder, da en mail tikkede op. Det var Tom, som gjorde dem opmærksom på, at de skulle være stille på deres værelse. Oluf syntes det

var for galt. De havde jo kun småsnakket, men både Mads og Mette undskyldte ham med, at han bare sørgede for sine gæster. Det måtte Oluf acceptere. Han dæmpede sin stemme, slukkede lyset og snart faldt de i søvn allesammen der på værelset i Takayama.

Oluf var tidligt oppe den næste dag. Kl 7 sad han nede på trappen op til templet, som lå skråt overfor deres hus, og tegnede udsigten over byen. I få streger fik han sat tågen over de fjerne bjerge og byens virvar af huse op. Det gav indtryk af en oplevelse, og han var ganske tilfreds, da han bagefter gik op og vækkede sine to børn .

Den vigtigste seværdighed i byen var det gamle rådhus fra 1600 tallet. De aftalte, at det ville de i hvertfald se, men først skulle de have morgenmad, og her kom Toms guide, som han havde nedskrevet i et hæfte, dem til undsætning. Han anbefalede en morgenmads-restaurant lige rundt om hjørnet, som udelukkende blev benyttet af lokale, og som ifølge ham serverede de herligste pandkager! Det varede ikke længe, før de var afsted, og ganske rigtigt var det noget af en forestilling, da de fik spisekortet og så hvor omfattende emnet "morgenmad" kunne være. Her var store buddinger med en cremet masse og syltetøj i toppen, lag af tynde klatkager med en særlig bønnemarmelade imellem, alskens frugtjuice og karamelliserede annanasskiver med tilhørende nøddeis, og sandwiches i alle afskygninger med både skinke og kylling og tun. Der blev valgt og vraget, og den smilende og bukkende lille servitrice måtte løber flere gange frem og tilbage til deres bord, før de havde bestemt sig. Men så spiste de også, så det var en lyst, og på trods af det enorme indtag blev regningen alligevel ikke mere end 1500 yen, som Oluf pligtskyldigt betalte med et smil oppe ved kassen hos de små yndige japanske damer, som han havde fået et særligt øje til. - Men der er så mange, tænkte han, og den ene smukkere end den anden. Det var en evig strøm af skønhed, der kom ham i møde. Ligeledes de ældre mennesker med deres små trissende ben og altid hjerteligt glade ansigter, fandt han glæde i at betragte. Han befandt sig i det hele taget rigtig godt der i Japan, endskønt det jo på en måde var på afbud, han var der. Men så tænkte han, at hvis han havde fået det visum til USA, var han aldrig kommet herover til dette land. Derfor kunne man sige, at han burde være taknemmelig over tyven i Mehamn, som stjal hans kuffert med de 20 gram rød libanon. Så blev han fanget af politiet, og nu 50 år efter hændelsen, var han forment indrejse til USA, men han var ikke forment adgang til resten af verden og især ikke Japan. Nej, for her var han ligenu og ih, hvor han nød det. Nød at være på rejse med sine børn, og være på morgenmadsrestaurant og mæske sig, og bagefter gå ud i den bagende sol og sætte kursen mod det antikke rådhus. Han var faktisk rigtig glad for det hele, det gamle liv!

Mette sidder på terrassen ud mod haven, som ligger omgivet af de store gamle huse. Hun er irriteret, for der står et skilt, som siger, at man ikke må betræde haven. Det har hun allermest lyst til. Hun vil ud og gå rundt i den kunstfærdige japanske havekunst, men det må hun ikke, og det er hun sur over. Mads er ligeglad, han har lagt sig på gulvet på en sivmåtte og synes at befinde sig vel. Når han bliver træt af omverdenens larm og forvirring, tager han sine hovedtelefoner på ørerne og fordyber sig i sin musik. Det er ikke som en flugt, han benytter musikken. Mere som en slags akkompagnement til livets mangfoldige bevægelser. Han er altid lige opmærksom og bevidst, når man tiltaler ham. Man skal blot råbe lidt højere for at trænge igennem. De går stille rundt i de gamle rum. Skrivestuer, rådsrum og aftrædelsesværelser for honoratiores på besøg. Thepotten hænge over ildstedet, og puderne er lagt til rette på gulvet, så de fine folk kan drøfte landets anliggender og nyde deres grønne the.

Der er også store lagre, hvor man opmagasinerede sække med ris, som bønderne afleverede som skat. De glider igennem alle disse indtryk, og kommer ud ved middagstid, hvor solen står i zenith og intet lader sig gøre uden i skygge. Er det på grund af varmen, eller fordi Oluf presser Mette til at checke sin gps på iphonen, at den glider ud af hendes hænder og lander på optikken, som får en lille revne, der tydeligt ses på billederne, hun tager i modlys. Man kan se, hun er ked af det. Hun har lige fået den nye iphone 6 og elsker at tage billeder med den. Oluf er også ked af det. Føler det er hans skyld, fordi han pressede hende. De bliver enige om, at skaden er til at overse, og at det kun er dækglasset til optikken, der er beskadiget. Men sådan er det hele tiden mellem dem. Sårbarheden er stor. De elsker hinanden så meget, og vil hele tiden passe så godt på som muligt, og så kan det gå galt, det ved de. Men de lærer også af det. Af hver lille skramme bliver de klogere, for de er nogle åbne og fleksible mennesker trods alt!

Det er alt for varmt til at foretage sig noget. De drikke lidt vand i en bod og betragter et akvarie med nogle mærkelige fisk, som det viser sig, man kan købe og koge og anvende i sushi. Makabert, siger Mette. Hun er medfølende og hader, man gør dyr fortræd. Men i Japan ser man anderledes på det. Det er også derfor den blåfinnede tun er på randen af udryddelse. Japanerne elsker tun, og helst rå.

De forlader akvariet og går over en bro, hvorunder en klar elv snor sig. Med store karper i orange farver som står bag sten i floden og venter på insekter, som flyder forbi. - Der skal vi ned, råber Mads og Mette i kor. De vil ned og prøve at fange fiskene med hænderne. - God fornøjelse, siger Oluf. - I får hver 1000 yen, hvis I fanger en. Og så går de i gang. Oluf halter efter ned ad skrænten mod floden. Det er en stejl bred med store sten, de skal træde på for at komme ud i vandet. De to unge mennesker er hurtigt ude i midten af strømmen. Den er ikke særlig stærk, så de kan sagtens bevæge sig rundt. Oluf er mere forsigtig. Han vil nødig falde og beskadige sine gamle ben, så han sætter sig på en jordvold og betragter jagten. - Jeg har den! råber Mads, men den smutter væk mellem hænderne på ham. Han springer frem med et vældigt plask, men uden resultat. Selvom fiskene svømmer dovent rundt med lade bevægelser, kan det nok være, de kan skynde sig, når det gælder. Med et spjæt med halen er de væk i samme sekund, han griber efter dem. Mette lister sig forsigtigt om bag en, som står ganske roligt og bevæger sig i strømmen. Så slår hun til og kaster sig frem mod dyret. Fisken springer en meter op i luften og er forsvundet. Mette undgår med nød og næppe at miste balancen og dratte omkuld i det kolde vand. Oluf griner inde fra bredden og får taget nogle skønne billeder.

De er godt sultne, og denne gang vil de spare og går ikke på restaurant. I supermarkedet køber de salat, ost og brød og noget at drikke og sætter sig ved elven og spiser. Det er dejligt ikke altid at skulle have tjener og spisekort. Nej, at sidde i det fri på en sten og spise med plasticbestikket, som følger med salaten, eller med pindene som de er begyndt at bruge mere og mere, det er virkelig luksus!

Oppe over byen knejser en kæmpe bygning, som burde være omtalt i guiden, men som der ikke står et ord om. Folk, de spørger, ved heller ikke, hvad den indeholder, så de beslutter sig for selv at gå på opdagelse og finde ud af, hvad det er. Selve bygningen har form som et skib med to stævne. Det kunne godt ligne et tempel, men er alligevel udformet på en moderne og outreret måde. Den kan ses fra hele byen og efter at have gået et stykke tid, går det op for dem, at den ligger langt væk. De vandrer forbi rismarker den ene efter den anden og forbi forstæder med enfamilehuse, før de endelig når frem ved foden af det bjerg, som den fæstningslignende bygning ligger på. Nu begynder opstigningen. De går forbi flere skilte, som forbyder dem at passere, hvis de er i bil, men som gående møder de ingen forbud. Da de endelig når frem ved en gitterport, ser de, at enhver adgang til selve monumentet er forbudt. - Det er nok et hemmeligt militæranlæg, som rummer atomare installationer, siger Oluf. - Jeg vil stærkt fraråde jer at forsøge at komme indenfor. Der er sikkert bevæbnede vagter. I risikerer at blive skudt! tilføjer han. Oluf er ikke glad ved situationen, men både Mette og Mads har lys i øjnene, som skinner om kap ved tanken om et rigtigt æventyr. Så de planker ganske enkelt indhegningen, og Oluf sætter sig nervøst i en lille park ved siden af, og giver sig til at vente. Der går en rum tid. Han begynder at blive bange, men børnene dukker bare ikke op. - Er de taget til fange derinde? Han rejser sig og går hvileløst frem og tilbage foran hegnet. Så får han en idé. Han tager sin mobiltelefon og ringer til Mette, men der er ingen der svarer. Han har det ikke godt nu. Hvad skal han gøre, hvis de er blevet arresteret? Og politiet, som han selv nærer en panisk rædsel for siden den gang i Norge, da han uskyldig, som han syntes han var, blev lagt i håndjern og ført bort til fire måneder i isolation. - Pyha, tænker han. - Det her er ikke godt. Da et hyl vækker ham i hans tanker, og to grinende børn står foran ham og siger: - Det er et tempel for en hellig sekt, der har udbredelse over hele verden, og som vil frelse kloden for krig og forurening. Men den er hemmelig, og derfor er der ikke adgang. Det er fantastisk udsmykket med mystiske symboler og en mægtig trappe op til et offersted. Mette googler stedet og får forklaringen. - Så var der ingen vagter, eller nogen til at holde øje? - Ikke en levende sjæl, siger Mads. Men de er nu alligevel lettede over at være sluppet ud fra det enorme mausolæum over en begravet forening, ingen kender til. På vej ned slapper de af i en spillehal, hvor søvnige japanere sidder foran maskinerne og ryger cigaretter og river sig i håret over at tabe hele tiden. Men de kan ikke holde op. Må putte nye mønter i igen og igen uden resultat. Der er også en automat, man skal slå på, mens man følger med rundt på en skive med farvede lys. Rammer man rigtigt - og det går meget hurtigt - får man lov at fortsætte. Ellers koster det nye 100 yen mønter. Mads og Mette bliver grebet af spillelidenskab og hamrer rundt på skiven for at nå at fange lysene som dukker op. Oluf filmer det hele og lægger det på Instagram. - Så kan de lære det, tænker han.

Den franske dame som bor i værelset ved siden af sammen med sin mand, holder palaver om morgenen på trappen overfor værten Tom. - Og morgenmad er der ingen af, udbryder hun og fortsætter vredt: - Det stod i beskrivelsen! Tom, der ellers er en venlig sjæl, virker irriteret, da han svarer, at de jo ikke havde bestilt dagen i forvejen. Damen ryster på hovedet og fastholder: - Dårlig betjening! Oluf kommer ud, hidkaldt af den højrøstede samtale, og griber chancen til at falde over den stakkels Tom, der nu er i defensiven: - Ja, og hvad er det for noget at sende os mails om aftenen med, at vi skal være stille, når vi slet ikke var spor støjende, men blot talte dæmpet i vores værelse. - Hørte De noget? Han henvender sig til den franske dame, der, idet hun mærker, at Oluf er på hendes parti overfor Tom, straks ryster overbevisende på hovedet: - Slet ingenting! Der var helt roligt. Oluf og damen stirrer begge vredt ned på Tom, som står betragteligt under dem nede på trappens første trin og må modtage kritikken. Oluf får blod på tanden. (Det er altid nemmere at sparke til folk der ligger ned!). Han overfuser Tom med trusler om at melde ham til Airbnb for dårligt værtsskab. Ophidselsen griber fat i Oluf, og det ender med, at både Mads og Mette træder ud og stopper ham i hans angreb på den pæne Tom, som nu ser meget træt ud. De trækker Oluf ind på værelset og giver ham en ordentlig overhaling.- Sådan behandler man ikke folk, istemmer de begge i kor, og med eet bliver Oluf meget flov. Han har forløbet sig, som det så ofte sker. Mads kalder det at daddy går i selvsving, og det er godt at Oluf har nogle børn til at vejlede sig, når det sker. Lidt senere, efter Oluf er faldet til ro, indser han sin egen tåbelighed og skriver en lang undskyldningsmail til Tom om, hvor forkert han opførte sig. Når vurderingen om Toms bolig skal skrives på airbnb, er der ingen grænser for, hvor godt det hele var. På den måde får Oluf lidt efter lidt en vis afbigt for sin brøde.

Den følgende morgen pakker de deres ting, rydde pænt op i værelset, lægge nøglen i boksen og begive sig afsted til morgenmadshuset for at spise pandekager, inden en lang dags togrejse tager sin begyndelse.

Kyoto er Japans perle, og der skal de til. De skal atter med bullet-train, som shinkansen også bliver kaldt, men først kører de et stykke i bjergrigt terræn forbi små landsbyer med kig ned i dybe dale og op ad stejle skrænter bevokset med træer og buske med tykke skinnende mørkegrønne blade. Nu og da skal de ud og skifte til et andet tog, og her er luften alperen og duftende. Solen sender ultraviolette stråler ned i deres ansigter, så de må knibe øjnene sammen mod lyset. De møder en familie fra Schweiz, som mener de ligeSÅgodt kunne være blevet hjemme! De griner allesammen af situationen og vandrer ind i toget igen. Da de endelig når hovedstationen og skal skifte til Shinkansen, ser de noget, de ikke havde ventet. De ser havet med store fragtskibe ude i horisonten. - Hvor er vi? spørger Mette. - Ja, vi er vist kørt vestpå, svarer Oluf. - Og så er vi nået helt op til det sydkinesiske hav. - Så ligger Korea lige ovre på den anden side, siger Mads. - Nok nogenlunde, svarer Oluf, men han er nu lidt rundt på gulvet i geografien. Havde ikke regnet med, at de var kørt så langt op, før de skulle dreje af og ned mod Kyoto.

De kommer ombord på jet toget og finder deres reserverede pladser, som Oluf ordnede inden afrejsen fra Takayama, og så har de 1 1/2 times flyvende fart over skinnerne foran sig, inden Kyoto anløbes.

Hovedbanegården er enorm og et arkitektonisk mesterværk.

Idet toget sætter farten ned for at køre ind på perronen ser de ud ad vinduerne et tempels røde tag skinne i eftermiddagssolen. Der opstår en højtidelig stemning blandt dem. Kyoto er rejsens højdepunkt hvad Japansk kultur angår, og mens de træder ud i mylderet i det enorme rum, er de ved at tabe både næse og mund!

Her er nyt og moderne samtidig med, at hele den årtusindlange historie gennemstrømmer alt. Selv den store annonce for Nichicon oppe på væggen er skrevet med flagrende japanske tegn, i en tone som er en Miró værdig.

De skal ned i undergrundsbanen og skifte til metro, der efter vejledningen, som deres vært Jessica har skrevet til dem, skal bringe dem tre stationer ud til deres bestemmelsessted. Men de bliver forvirret over, at hun skriver, at de skal tage udgang 22, som de mener må være en fejl, for så mange udgange kan der da ikke være? Så i stedet tager de udgang 2, og det skulle de ikke have gjort, for nu kommer de ud på en tæt trafikeret gade, hvor intet af det, Jessica har beskrevet, passer. Oluf sætter sin gps på, og kan ikke få retningen til at stemme. Mette sætter ligeledes sin gps på iphonen og siger, hun har fundet den rigtige vej, men det passer ikke med Olufs ipad, og han vil en anden vej. Mads forholder sig bare roligt afventende, indtil de to kamphaner er kommet overens. Men det gør de bare ikke. Oluf bliver sur over Mettes påståelighed, og Mette vil bare afsted. Så skriger Oluf op og sætter sig på et trappetrin midt på gaden og råber ad Mette, som nu er på vej væk. En jakkeklædt herre træder ud fra banken, på hvis trappetrin Oluf sidder, og tysser på ham. Man råber ikke på gaden i Japan!

-Ja, man råber faktisk slet ikke i Japan. Man taler dæmpet og høfligt og bukker pænt, når man har sagt noget, hvilket den jakkeklædte bankfunktionær da også gør . Oluf forstår øjeblikkelig, at han har forløbet sig (igen). Men nu er Mette forsvundet. Hun er gået sin vej, mens Oluf blev irettesat af bankmanden. Det blev simpelthen for pinligt! Mads, som den tro væbner han er, bliver ved sin fars side, og sammen prøver de nu at rede trådene ud. - Hvor er vi? Mads prøver at orientere sig, men det lykkes ikke. - Skal vi ikke prøve at sende en sms til søster, spørger han, og som sagt så gjort. De sender en sms og spørger, hvor hun er. Oluf begynder igen at blive nervøs. Tænk nu, hvis hun er blevet væk. Hvordan skal hun finde dem? Skal politiet indblandes? Han har det ikke godt. Mads stiller sig op i indgangen til en butik og holder øje med mobilen. En ældre dame stopper og spørger Oluf, om han behøver hjælp. Han ryster smilende på hovedet. De er altid så hjælpsomme, de japanere. Han føler sig mere tryg, da han mærker, at nogen bryder sig om hans kvaler. Han prøver at forklare, at han ikke kan finde sin datter, men at de har ringet til hende, og at hun nok snart kommer. Så klapper damen ham beroligende på skulderen, og så kommer

Mads og fortæller, at Mette allerede er oppe ved lejligheden, og at de bare skal komme. Pyha, det var godt!

De taster adressen ind på google maps, og ser pludselig udgang 22 der munder ud lige ved Mcdonalds. Så passer det med Jessicas beskrivelse, og ikke længe efter er de alle på vej op i elevatoren til 5 sal og Jessicas nyligt indrettede lejlighed.

Udsigten deroppefra er storslået. Hele Kyoto ligger for deres fødder. Det er brandvarmt, nok 35 grader, og de søger ind i lejlighedens airconditionerede kølighed. Her er en køjeseng og en madras på gulvet. Børnene tager køjerne, Oluf madrassen. De må hurtigt ud igen. Ud og opleve byen. I retning mod floden ligger den gamle bydel, og her vandrer de ned. Længe varer det ikke, før gaderne bliver snævre, og et utal af farvede lamper leder deres vej hen til kvarteret, hvor det ser ud til, at det hele sker. Masser af mennesker myldrer frem og tilbage foran indbydende restauranter, og så griber sulten dem. Oluf får øje på en ramen restaurant og kalder på sine børn, men det er ikke i den retning, deres ønsker går. Det mærker han straks. Så efter at have været inde på et lokalt sted med kokke, som står og koger grøntsager og nudler og serverer skålene med det rygende varme indhold over disken og måtte konstatere, hvorledes både Mette og Mads rynker på næsen af hele etablissementet, giver han sig og lader Mads bestemme, hvor de så skal spise.

Udenfor et farvestrålende skilt med billeder af svulstige kødretter stopper Mads op. En fiks lille japanerinde prajer ham, og det varer ikke længe før beslutningen er taget. Der skal de ind. De bliver ledt op ad en snæver trappe til et lokale med små båse, hvor de bliver anbragt omkring et bord og får udleveret spisekortet. Inde ved siden af i de andre båse lyder høje råb og hvin. Det er øjensynlig i mere end blot en spiserestaurant, de er havnet! Mette, som er en dydig pige, foreslår, at de går igen, men både Oluf og Mads vil blive. Så kommer en ny lille vims servitrice og får hurtigt ordnet bestillingen for Oluf og Mads. Med Mette tager det lidt længere. Hun er sur over stedet, og vil først slet ikke have noget, men ender dog med at tage noget fisk. Oluf ved ikke, hvad han vil. Han tager dagens "overraskelse", og det er en hemmelighed indtil låget løftes af fadet!

De sidder lidt og lader roen falde på sig. De er i Kyoto, og inde ved siden af høres stadig livlig tale og høje skrig. - Måske er det et bordel, vi er havnet i, siger Oluf. - I skulle hellere have taget mit ramensted. - Du og din evindelige ramen, udbryder de begge. - Du har fået os til at hade ramen, fordi du altid taler om det. - Nå, ja så må jeg vel hellere tie stille, svarer Oluf spagt. Det er altid dertil de når, når diskussionen går i stå. Det er store fuldvoksne mennesker, han rejser med, selvom Oluf altid kalder dem for "børnene". Mette er fyldt 24 år og netop færdiguddannet som sygeplejerske, og Mads har lige afsluttet efterskolen, og skal begynde i gymnasiet. Mads er en stor flot bygget dreng på vej til mand. Han har sine meningers mod, og er meget velformuleret. Oluf respekterer hans karakter, og må gang på gang indrømme, at hans søn har meget at lære ham. Respekten er dog gensidig, og de to har et velafbalanceret forhold til hinanden. Mette har Oluf altid haft et lidt ambivalent forhold til, fordi han igen og igen har oplevet, at han lod sig snøre af hendes kvindelige egenskaber. Er der noget Oluf er svag overfor, så er det kvinder! Han har været gift adskillige gange og haft utallige både korte og langvarige forhold. Han springer gladelig ind i et forhold uden at overveje konsekvenserne. Så rider han på en sky i nogen tid, og dyrker sin partner fuldt ud, indtil et eller andet går skævt, og samværet ophører. Han opfatter sig selv som flexibel og bærer ikke rundt på ærgelser. Omvendt kan han godt blive arrig, hvis han bliver snydt. Eller hvis han føler, at han bliver snydt, eller bliver taget ved næsen. Og inderst inde tror han altid, at kvindernes dybeste formål er at snøre ham om deres lillefinger. Så bliver han så hulens gal i knolden, ligesom han bliver, når han føler, at Mette vil tage føringen, og skubbe ham til side og bestemme farten. Men hans grundlæggende egenskab er tilgivelse. Han gider i hvert fald ikke bære nag. Det er spild af gode kræfter, mener han.

Olufs tildækkede fad dukker op. Surprise! Låget løftes af den unge geisha-pige, og retten kommer til syne. Det er en lille kage med en rød fisk ovenpå, som vistnok er en reje. Dertil en klat ubestemmelig grøn salat og små kogte løg. Søster får sin fisk og Mads sin bøf, og så tygger de i stilhed deres restaurationsmad og drikker cola til og har det ganske rart med hinanden.
Desserten vil de dog ikke indtage på dette mistænkelige traktørsted. De betaler, og tripper ned ad den snævre trappe og ud i det myldrende natteliv.

Strømmen fører dem videre ned mod en bro over floden, ved hvis side en 7eleven butik holder til. Her fouragerer flokkevis af unge mennesker for bagefter at tage det indkøbte med ned til flodbredden, hvor de samler sig i grupper med guitarspil og sang. Det ser spændende ud, og familien går i lag med at indkøbe aftenens dessert. Der bliver valgt grønne is lavet af grøn the og chokoladekiks og iskaffe i papbægre, og så kryber de alle ned ad skråningen til bredden, der er dækket af et indbydende tæppe af blødt græs, hvor de slår sig ned sammen med alle de andre mennesker, som er samlet her for at nyde den lune aften i Kyoto.

Det bliver en rigtig hyggelig stund uden mål og uden stress, som de tilbringer her ved floden. Samtalen glider automatisk ind på emner, som de normalt ikke når i det daglige, hvor planlægning og valg af interessepunkter tager en stor del af tiden. Oluf er af den opfattelse, at dybest set eksistere jeget slet ikke. Det er en illusion, et tankeskabt fænomen opstået som samlingspunkt og forsvar mod det skræmmende ukendte. - Så du mener helt ærligt, at du ikke eksisterer? Spørger Mads. - I bund og grund, ja, svarer Oluf. - Så skal jeg til at tiltale dig "ikke eksisterende far" fremover? Mads laver grin og slår en latter op. Mette sidder stille og lytter, mens hun sutter på sin is. Så siger hun: - Når der ikke er noget jeg, så er der altså heller ikke nogen som bestemmer. - Hvad så med den frie vilje. Eksisterer den så heller ikke? - Det tror jeg ikke, svarer Oluf. - Jeg tror, at meget af den ufred og uorden, som findes her på jorden skyldes, at folk tror de kan bestemme over virkeligheden, hvor det til syvende og sidst er virkeligheden, der bestemmer over dem, og så har vi konflikten. Det tror jeg. Virkeligheden er langt mere kompliceret end hvad et ynkeligt lille jeg kan rumme. Så bryder det sammen, ligesom de menneskelige samfund for øjeblikket er i færd med at gøre. Læg mærke til, hvorledes alting bevæger sig for øjnene af jer. Lige så snart I vil styre det, går det i stykker. Man siger godt nok: - Grib dagen! Men jeg mener nu nok, at det var bedre, hvis vi lod dagen gribe os!
   -Jeg er helt grebet! Svarer Mads og løber ned til flodbredden for at vaske sine hænder, der er blevet fedtede af den dryppende the-is. Mette siger ingenting. Hun er faldet i staver over lysene fra de orange lygter på den modsatte bred, som spejler sig i flodens overflade, og som bliver til flygtige væsner, der hele tiden ændrer form ved vandets bevægelser.

I gåsegang ind og ud ad smøger og gyder, hvor nogle er befolket af sære skabninger med ansigtet bemalet i ildrøde farver, langs små templer med duftende røgelse og gudestøtter oplyst af blafrende olielamper, bevæger den lille rejsegruppe sig afsted. Næsten en time tager det dem at finde hen til slagterbutikken, som ligger ved indgangen til porten med deres elevator. Summende fører den dem op til femte sal og en afkølet lejlighed, der næsten er på frysepunktet, fordi aircon maskinen er sat på for høj ydelse. De skruer ned for kulden, kryber under hver sin dyne og går i sort.

Filosofigangen hedder en strækning langs en smal bæk uden for byen, som de har bestemt sig for at vandrer. De må med bus derud og når lige at springe af ved det rigtige stoppested. Derfra er der ikke langt til, hvor stien, som zen-munkene har vandret i århundreder, lukker sig op. Ganske stille træder de ind under trækronerne, der danner en buet port over det smalt tiltrådte spor. Det er meget varmt, over 30 grader i skyggen. De går langsomt og bliver lettet, da de møder et skilt, som viser vej til et thehus med pergament vinduer og et bambusstakit rundt om. Knirkende skubber de døren op og træder ind i den nydeligste stue med tre lave borde og puder til at sidde på. De sætter sig, og en ganske lille kvinde med et stort smil på ansigtet dukker op og byder dem læse et sirligt skrevet kort med japanske tegn. De studerer det og forstår ikke et klap. Men da hun stiller sig op og venter, får Oluf en idé. Han udtaler det forbudte ord "ramen", og det forstår hun. Børnene ser vredt på deres far, men indser, at det er eneste udvej for at få noget at spise, så de nikker også til damen, og så er bestillingen gjort.
   3 skåle med dampende varme nudler og grøntsager dækket af et ildgult æg bliver lidt efter båret ind og stillet på det lave bord, og efter første smagsprøve bliver både Mads og Mette mere venligt stemte. - Det smager godt, siger de og er snart i gang med at slubre i sig. Mætte og friske begiver alle sig ud på filosofigangen for at fortsætte deres tur. En herre i en lille bod, som sælger the, vinker dem til sig og forklarer dem på engelsk, hvorledes de skal dreje af fra stien for at komme ind til et meget helligt tempel med tilhørende have og dam med karper.

De nyder den stille fred, som hviler over stien og ser kort efter en slugt, der fører op i et skovbevokset område. Det er her, de skal dreje af, og gennem budskadset kommer et bygningsværk, gråt af ælde og omgivet af flere stenstøtter formet som lygter, til syne. Der er også en bro, som går henover en lllle sø, og her lægger Mette sig på knæ og prøver at få fat i en af de store fisk, der svømmer dovent rundt dernede. Mads og Oluf sætter sig på stentrappen op til det gamle tempel.

- Tid er noget mærkeligt noget, udbryder Mads. Han sidder og ser eftertænksomt ud over haven. - Dette sted har givetvis ligget her i århundreder og alligevel på trods af, at det ser gammelt ud, har det en friskhed, som gør det levende lige nu, ikke? Oluf sidder lidt og grunder over Mads spørgsmål, så svarer han: - Jeg tror slet ikke, at tid har nogen egeneksistens. Kun som målestok i vores dagligliv, kan vi bruge den. - Som aftale om, hvornår vi skal mødes og den slags. Men i virkeligheden som nu, hvor vi sidder her, har tid ingen relevans. Derfor er nuet altid frisk, og derfor har tid som sådan slet ingen betydning. Oluf fortsætter ivrigt: -Problemet er, at vi tillægger den enorm betydning, fordi der hele tiden er noget, vi skal nå. Og når vi løber efter tiden, så når vi faktisk slet ingenting. Udover at løbe! Oluf ler. - Det er en galeanstalt. Vi har alt for travlt med at løbe efter tiden, og hver gang vi tror, vi har nået den, svinder den væk mellem fingrene på os. Oluf taler sig varm, og Mads rykker lidt på sig. Han kender sin far, så derfor nikker han kun og siger: - Her er ihvertfald dejligt stille. Oluf tier, og sammen nyder de stilheden i det gamle tempel.

Men ét tempel er ikke nok, nej, de er jo i Kyoto, og her er mange templer. Det store røde Fushimi Inari på toppen af bjerget bliver næste destination. De når lige akkurat bussen, som er sprængfyldt med mennesker. Det er søndag, folk har fri, og hvad er mere nærliggende end at besøge et tempel? De er mange med samme bestemmelsessted, og klemmer sig ind mellem alle de festklædte folk, som hver og een stiger af på holdepladsen ved opgangen til Kyotos største tempel. De presser sig ind på stien, som med jævn stigning et par kilometer fører op til den stort svungne indgangsportal. På vejen er stillet boder op, som sælger alt lige fra røgelsespinde til buddha statuer og alle mulige relikvier, som japanerne køber og tager med sig op i templet for at få det velsignet af de hellige mænd, som bor der. Oluf og hans to børn forsvinder i mængden. Her er virkelig mange mennesker. Som strømmen af folk på vej ned i Nørreport station i myldretiden, bare opad går det. Og det er varmt. Drønvarmt, nok 35 i skyggen, så de sveder og misunder de mange, der har medbragt paraplyer til at beskytte sig mod den brændende sol. Oluf standser og køber et samurai-tørklæde til at have om hovedet. Han blive til grin, men er bedøvende ligeglad.

Det sidste stykke er det, som om de slet ikke behøver at bevæge sig selv. De bliver ført op af mængden, som skubber og maser. Udsigten oppefra plateauet er storslået, og det lufter også lidt, så de sætter sig. Oluf finder en stor stenstøtte med smukke tegn indgraveret. Den sætter han sig til at tegne, mens han oversætter tegnene til følgende tekst: "Stenen ved hvilken stilheden indtræder". Så klapper han blokken sammen og ser efter sine børn, men de er væk. - De er nok gået i forvejen, tænker han og begiver sig op gennem den snoede torii gang mellem de   orangerøde søjler, hvor munkene skal gå for at gennemleve alle deres syndigheder. Han begynder sin vandring, og hver gang han passerer en af de bemalede rundslebne stokke, opridser han i sit indre, hvad han har udsat sine medmennesker for af uretfærdigheder og kommer til det resultat, at der ikke er alvorligt store pletter på hans samvittigheds tæppevævning. Det gør ham glad, og han går opløftet videre. Nu går det bare nemt, og det er velsagtens meningen med søjlegangen, at jo højere man kommer op, des flere byrder har man kastet fra sig, og det er jo befriende. Halvvejs mod toppen møder han Mads og Mette, som ser trætte ud. - Har I ikke kastet al jeres fortid af jer endnu? Spørger han. De ser uforstående på ham, og peger på en ny søjlegang, som fører højere op. - Der er mere endnu, siger de. - Ja, gå I bare videre, hvis I synes I har brug for det. Jeg sætter mig her, og han peger ind mod et gæstgiveri, hvor en pukkelrygget kvinde serverer the og små flade kager. - Men husk nu at gennemleve alt, hvad I synes I har gjort forkert her i tilværelsen. Det er det søjlerne er til.

De griner bare ad ham og begiver sig i løb videre op ad søjlegangen. - Måske er de bare helt uskyldige, tænker Oluf og sætter sig og får en kop skoldhed grøn the serveret af den krogryggede kvinde, som smiler til ham og siger nogle bløde ord på japansk, som han slet ikke forstår, og dog forstår til fulde.

Skal vi tage til Osaka? Spørger Oluf, da de er kommet ned fra tempelbesøget. - Hvad mener du? Siger Mette. - Jo, den store tvillingeby ligger jo lige om hjørnet, svarer han. - Der går tog dertil, og så vidt jeg ved, kan vi gøre det på en halv time. - Ok! Mads er begejstret. - Lad os bare tage afsted, hvad skulle vi ellers lave.

Som sagt så gjort. De finder hurtigt en station, som har tog mod den store by, der især om aftenen og natten skulle være spektakulær. Desværre kommer de ved en fejltagelse til at hoppe på et tog som standser på alle stationer. Turen tager over en time, og de sidder og venter utålmodigt i kupeen, hver gang toget standser og folk stiger ind og ud. Men til sidst er de der, og får noget af en overraskelse ved at se, at de er havnet midt i en rock-koncert!

Et enormt halvcirkelformet område med trapper ned mod en scene, hvor en større gruppe musikanter er i færd med at optræde, møder dem, idet de træder ud fra stationen. Skyskrabere med kulørte lys i vinduerne omgiver pladsen, og det er som at havne i en drøm. Oluf klapper sine børn på skulderen og siger: - Det var vist meget godt, vi tog det tog, hva?

Grupper af festklædte japanere med glimt i øjet og højt humør smitter vores lille selskab, som snart, mens de danser, begynder at fable om noget at drikke og lidt senere om noget at spise. De danser færdig, og begynder at søge mod udgangen af festen. Her finder de hurtigt en smøge med restauranter der har fisk på menuen. Fisk og skaldyr er Osaka kendt for, og det kan nok være, at udbuddet er stort. De vælger et sted, efter først at være afvist af et andet, hvor tjeneren i sin attitude gør dem klart, at de ikke er "fine" nok. Men det gør ikke noget, for det nye sted er venligheden selv, og efter nogen ventetid bliver de anvist et bord midt i restauranten, der mærkeligt nok udelukkende er befolket af kvinder. Oluf har i ventetiden været henne i en udendørs bar, hvor de sælger indbagte blæksprutter, og købt en fyldt papbakke. Dem tager de med i restauranten og spiser i smug rakt nede under bordet til hinanden, mens de fniser. Især Oluf er altid med på en spøg. Han elsker at gå lidt over stregen. Derfor kommer han nu og da til at gå for langt, og bliver alvorligt nedstirret af sine to medrejsende. Men denne gang er de med, og efter aperitiffen kommer maden, og den er god med tun/laks/rejefondu, som de smaskende deler, mens de nyder de japanske damers musikalske konversation. Det bliver lidt dyrt, men så dropper de desserten og nøjes med en is i afgangshallens cafeteria.

Kyoto rinder ud. De gør deres bedste for at efterlade lejligheden i fin orden. Det er Airbnb, som står for arrangementet, og det foregår upåklageligt. De kan vente med at bestemme, hvornår de vil ankomme et sted, til sidste øjeblik. Hvis de ønsker det, kan de spontant omprogrammere deres rejseplaner. Det er en stor fordel. Derfor følger de ligeledes spillereglerne til punkt og prikke, hvad angår at efterlade boligerne, de benytter, i rengjort stand. Så da de nogle dage senere modtager en mail fra deres vært om forskellige skader, de har tilføjet lejligheden, bliver de temmelig overraskede. Herefter starter en korrespondance, som varer til langt efter de er kommet hjem til Danmark om skyld og ansvar, især da værten anklager dem for at have lavet et stort hul i gulvet! Med airbnbs mellemkomst lykkes det dog at forlige sagen, som ender med, at Oluf må betale 700 yen for nogle lagner, som er blevet misfarvet af sololie fra Mads ryg!

Nå, men det giver ikke skår i glæden, for nu skal de til Fuji bjerget, og Mette vil bestige det. Det har været hendes plan på hele turen. Mads er mere i tvivl, men nu får vi se.

Shinkansen bringer dem til Atami, hvor de skifter til bumletog mod Fujisan. Her vil "Shots" hente dem på stationen i sin bil. Tror de. For da de ankommer kl halv tolv om natten på den mennesketomme station, står der ingen "Shots" og venter på dem. Shots er japaner, men har boet i Australien nogle år og forstår engelsk. Hvad bedre er, han har besteget Fuji-bjerget adskillige gange, og kan give gode råd om turen. Men der er ingen Shots, som sagt, og hvad så? Hvor bor han, og hvor skal de gå hen? De har godt nok hans adresse, som han har sendt dem pr mail, men den er på japansk og prop umulig at plotte ind på gps-en. Der holder et par søvnige taxichauffører lidt væk i mørket. Oluf går derhen og viser dem, hvad Shots har skrevet, men de ser uforstående på det og ryster på hovedet: - Kender det ikke!

Nu råber Mette oppe fra stationen, at det er lykkedes hende at finde det på google maps. De vandrer afsted anført af Mettes iphone 6. Ind og ud i nattemørket ad krogede gader. Det begynder at regne, og de er efterhånden dødtrætte. De skal passere en bro over en brusende flod. Så til højre og derefter til venstre op ad en smal gyde, og så siger telefonen, at de er der. Der står minsandten også en skummelt udseende tavs person udenfor et stort hus. De går derhen, og nu smiler han til dem, og rækker dem hånden. - Hello, siger han venligt. - Jeg er ked af, at Shots ikke kunne hente jer, men han skulle ud, så jeg skal vise jer, hvor I skal bo.

De må liste, for fyren tysser på dem. - De sover allesammen, siger han.- De var på Fuji igår, og er helt udmasede. Han viser dem vej op ad en trætrappe til deres rum, som er stort og med de obligatoriske tre madrasser på gulvet. Men rent og ryddeligt og vinduer ud til den støjende flod nedenfor. - Shots kommer i morgen, så kan I ordne alt det praktiske med ham. Han viser dem også badeværelset og køkkenet. Der er en stor stue med tv, og de føler sig straks hjemme i huset, som bebos af tre andre gæster samt Shots, hans kæreste og nogle venner. Det er ligesom at komme ind i et kollektiv, tænker Oluf, der har en fortid som kollektivist engang i tresserne. Atmosfæren er åben og imødekommende. Der flyder lidt i køkkenet og stuen, men det gør det blot mere hyggeligt.

Så snart de alle har fået et bad, spiser de noget ris, som Shots ven serverer, og lidt senere dukker Shots alligevel op, og så kan det nok være, de får snakket bjergbestigning! Han siger, der går en bus nede fra byen op til level 5, og derfra må man kravle og gå videre op til næste level og så fremdeles, indtil man når toppen. Der er små hytter undervejs på hvert niveau, og der kan man hvile sig, men det er dyrt. - Man kan bare lægge sig ud på toilettet, og få varmen og sove lidt. Det gør jeg selv, siger han og griner. - På toilettet? spørger Mette lidt konfus. Men han mener det, for så sparer man penge. Han er japaner, men er tydeligt præget af sine år i Australien, for hans manerer er friske og ligefremme, og hans engelsk let forståeligt. De føler sig godt tilpas i hans hus, som han fortæller, har tilhørt hans forældre og er bygget helt efter japanske principper med træ fra skovene, der vokser op ad Mount Fujis sider. Så det ser ud til, at de er havnet (atter en gang) helt det rette sted, og det bliver sent, før de dejser om på deres leje oppe i det store værelse.

Oluf er den første, der vågner og vil se om han kan få sat noget morgenmad i gang. Han tager sit sædvanlige iskolde brusebad og kigger ud i køkkenet for at finde noget spiseligt. Det eneste, han ser, er en stor gryde med en dej-lignende masse. Ellers er der ingenting. I køleskabet står forskellige rester, men ikke noget der rigtig kan bruges. Så han beslutter sig for at gå ud i byen og finde noget morgenmad. Regnen fra i går er hørt op, skyerne er begyndt at trække sig fra himlen, og solen sætter lys over byens brunrøde tage og får træer og græs til at dampe. Der er helt stille. En enkelt varebil ses på en tværvej i det fjerne. Han går den vej, men havner på en byggeplads, som ender blindt. Så mærker han sig vejen, han går for at kunne finde tilbage til huset, og vender snuden i modsat retning. Her kommer han ind på en hovedvej, hvor der lidt efter dukker et lille marked op. Der går han ind. Det er to kvinder, som passe butikken, og de hilser ham venligt mens de bukker.

-Vi er i Japan , så skal vi også spise morgenmad på japansk, tænker han. Og det er ikke svært i den butik, for alle varerne er lokale med fisk og tang og sære rodfrugter som de mest fremtrædende tilbud. Han vil købe ris først, men uanset, hvad han gør, kan han ikke få damerne til at forstå, hvad han mener. Han gestikulerer, men må opgive, indtil han finder nogle pakker med mikroovnris. Han peger på dem, og de bryder ud i latter. - Var det bare det, han mente, synes de at tænke. Ris - det er jo alle vegne! Han køber ris, nogle æg, tang og miso, som han kender fra sin ungdom med mikro-makro og lidt brød og vand og traver hjemad til sine sovende børn.

I køkkenet møder han Shots, der lige er stået op. Han har sovet inde i stuen på en madras, og er nu i færd med at tilberede nogle pølsbrødslignende kager med dejen inden i. Han ruller små runde pandekager fladt ud og anbringer dejen på midten. Så klemmer han begge sider sammen og lægger dem pænt i række på en metalplade. - Jeg producerer 500 hver dag, siger han. Det er min virksomhed. Så sælger jeg til restauranter og supermarkeder, og det går strygende! Shots har altså en lille fabrik hjemme i køkkenet, og det giver ham en ekstra indtægt, forstår Oluf. - Gå du bare i gang med din morgenmad, siger Shots og rykker sin dej til side. Oluf laver en omelet med sine indkøbte grøntsager, tang og miso. Mette kommer ned og giver en hånd med. De vækker Mads og denne særlige dag kan begynde.

Det er nemlig i eftermiddag, at de skal starte deres klatring mod toppen af Japans hellige bjerg for at se solen stå op!

Der er ved at være lavvande i familiens rejsekasse. Oluf må finde en ATM automat for at hæve flere yen, men det er ikke nemt, for byen er ret uoverskuelig med mange ens gader, som alle står vinkelret på hinanden. Gudskelov har han sin gps på mobilen, og efter forskellige fejlslagne forsøg finder han en 7eleven, hvor de har en hæveautomat.

Oluf har tidligere haft et rodet forhold til penge, men efter et langt ophold i Grønland, hvor han tjente godt, fik han endelig orden i økonomien og hæger derfor nidkært over de penge, han har rådighed over. Ingen nok så lille udgift bliver overset, men hele tiden kontrolleret via hans netbank, så han ikke kommer til at overtrække sin konto og stå i gæld. Hele turen til Japan har han sparet op til gennem længere tid, og det ser ud til, at det budget, han lagde, vil holde. Så han hæver glad for 5000 koner yen, får en kvittering, som han gemmer i sin tegnebog til regnskabet og tager en cafe latte fra kaffemaskinen i butikken. Med sin varme kop i hånden går han lidt omkring i butikken og ser, hvad de har på hylderne. Han leder efter et rejsesimkort til deres mobiltelefoner, men det er ikke noget de har. Simkortene til det japanske net, han havde med fra Danmark, er ved at løbe ud, og de bruger gps hele tiden, når de skal navigere rundt i de store byer. Nå, han finder nok ét senere og begiver sig tilbage til sine børn, der er ved at forberede sig til opstigningen.

De skal afsted nede fra stationen med bussen, som tager dem op til level 5. Det er begyndt at regne, og tunge skyer ligger lavt hen over Fuji-bjerget og skjuler det helt. Oluf skal ikke med selv. Han føler ikke, hans fysik vil kunne klare det. Men selvfølgelig vil han gøre alt, for at børnene får en så god og sikker tur som mulig. De kører ad hårnålesving op på Fuji og ankommer, hvor selve klatreruten begynder, i øsende regnvejr! Gudskelov har de godt regntøj på og er ved frisk mod. Lige foran indgangen til ruten står en venlig mand og spørger, om de skal afsted. De nikker, og han beder dem komme med indenfor i en kontorbygning, hvor formaliteterne omkring overnatning i en hytte tæt på kraterranden og toppen skal finde sted. Oluf betaler for, at hans to børn kan tilbringe nogle timer og få lidt søvn, samt tilpasse sig til den tynde luft deroppe. De kan så hvile ud, før de begiver sig mod den sidste etape og solopgangen.

Men lige nu skal de afsted. Det siler ned, og tæt tåge siver ind mellem de lave træer på skråningen, hvor børnene skal ind og op. Der står de så. Hans to skønne børn med regnhætter over hovedet og tykke støvler og små rygsække, hvor Oluf har fyldt op med Orios og energidrikke og kiks til turen. Han tager et sidste billede af dem, hvor de grinende vinker farvel. Så vender de sig om og forsvinder langsomt ind i det mørke vejr.

Han selv tager bussen tilbage en time senere. Sammen med en flok australiere, som netop er kommet ned deroppefra. De ser godt trætte ud, og allerede her begynder Oluf at få fortrydelser over at have sendt sine børn alene op på toppen af Mount Fuji midt om natten. - Hvad nu hvis der sker dem noget? Hvad nu hvis de brækker eller forstuver et ben? Manden, der hjalp dem med hytten fortalte, at et redningshold måtte afsted for at komme en ung mand til undsætning, der led af iltmangel. Det er ikke barnemad det her. Nej. Oluf har det ikke godt, mens han sidder i bussen og ser, hvor udmattede de australske klatrere er. Vandet vælter ned fra himlen, da han står af. Han strider sig gennem de piskende dråber, og har det ærlig talt rigtig skidt!

Natten alene i det store værelse med de to tomme madrasser blive urolig. Elven udenfor vinduet bruser op på grund af den megen regn. Det trommer voldsomt på taget, mens kviste fra træerne slår mod ruderne og gør Olufs søvn mareridtsagtig. Han vågner med et sæt seende sine børn falde i en dyb kløft. Han vender og drejer sig, og kan overhovedet ikke finde ro. Han skulle aldrig have tilladt det. Men de ville jo så gerne. Tankerne kværner rundt i hans hoved, men tilsidst falder han dog i søvn. Kl 7 har han endnu ikke hørt fra dem. De har aftalt, at de skal ringe, når de er halvvejs nede. Hvornår kan det mon være? Pludselig tikker en sms ind med et billede af Mads og Mette drivvåde, men med store smil på læben og den gryende dag med solen henover tætte skyer i baggrunden. "Vi er på toppen", lyder teksten. Det er lige ved, at Oluf kniber en tåre! Omtrent to timer senere kommer en ny sms: "Er på vej ned og hjemme cirka 11". Hurra, hurra! Oluf er lettet, og da to dødtrætte, men lykkelige børn et par timer senere kommer buldrende op ad trappen, vil jublen ingen ende tage. De klarede det! De besteg Japans højeste bjerg. 3500 meter høje Mount Fuji. De smider deres oppakning og dejser om på hver sin madras. Få minutter efter sover de dybt.

Anden del:
Mettes dykkerdrømme. Izu halvøen. Bussen de nåede i sidste øjeblik. Ryokan bestilling og togtider. Shimoda.

Mette havde hele tiden ønsket at komme hen et sted, hvor hun kunne dykke. Hun havde erhvervet et flaskedykkercertifikat i Thailand, den gang hun som sygeplejerskepraktikant besøgte landet . Nu ville hun gerne afprøve det og fandt hurtigt ud af, at der i de japanske farvande fandtes hammerhajer, som hun gevaldigt gerne ville se i fri form under vandet. Oprindelig havde de talt om at besøge en af de sydligste øer i Japan, Okinawa, hvor dykkermulighederne skulle være formidable, men det viste sig at blive for dyrt for Olufs budget at flyve derud og tilbage, så det blev opgivet. Det var således noget af et sats, at de, da de var på vej fra et tog til et andet på banegården i Toyama, og så en plakat med et billede af en pragtfuld strand omgivet af forrevne klipper og navnet Izu skrevet tværs henover, straks besluttede, at der måtte de hen!

Det viste sig, at være en god beslutning, for Izuhalvøen ligger faktisk lige syd for Fujisan, hvor de nu opholdt sig, så det var blot at lægge en ny rejserute og komme afsted. Shots havde fortalt dem, at det ikke kunne betale sig at køre med tog, der tog en stor omvej og var lang tid om at nå frem. Nej, hurtigbussen skulle de med, og den afgik lige nede fra stationen og tog dem helt til Atami, hvor de kunne tage expressen ned langs kysten af Izu til den sydligste by Shimoda.

Bussen skulle efter planen afgå kl 3, og Shots kørte dem derned og tog afsked, for han skulle videre for at levere sine færdiglavede pastaruller. Oluf gik til billetkontoret for at købe billetter og fik til sin rædsel at vide, at bussen slet ikke gik den dag, men først dagen efter samme tid. Æv, det var en streg i regningen, men den søde billetdame fik hurtigt organiseret en taxi, som skulle køre dem til Kawaguchiko, en by 15 km derfra, og her skulle de kunne nå en anden bus, hvis ellers taxien kørte hurtigt, - og det skal understreges, at det gjorde denne japanske chauffør! Oluf sad på forsædet og fik gang på gang maveindhold op i munden af skræk over de halsbrækkende overhalinger og sving som bilen tog. Hver gang han så på sit ur, kunne han mærke, at de nok ikke nåede det alligevel. Så bremsede bilen ved et skilt med en køreplan. Chaufføren sprang hen og nærlæste de små bogstaver og kom løbende tilbage og råbte og pegede over på den anden side af vejen, hvor en bus holdt og ventede med snurrende motor lige parat til at køre. Han vinkede ad dem, og de forstod, at det nu bare gjaldt om at komme afsted og op med al deres gepäck. Oluf stillede sig hen foran bussen og svingede ivrigt med armene for at holde den tilbage!

- Det var lige med nød og næppe, udbrød de i kor, da de sad tilbagelænet i de magelige sæder og bussen satte i gang. Så var det bare afslapning det hele, mens de passerede højderyggen ned mod den store Halvø, som var deres mål.

Oluf ville ikke bestille opholdssted i Shimoda, før han vidste, hvornår de kunne være der, for toget fra Atami kunne de ikke være sikker på at nå. Det var først i sidste øjeblik, da de endelig havde fundet deres expres til Shimoda og var kommet ind og sidde i kupeen, at de over nettet fik booket plads på "Izukogen Ryokan".

Ryokan er en kombination af hotel og spa med varme bade og omfattende høflig betjening.

Indtil da havde de undgået Ryokans, da det var mere praktisk og billigere med Airbnb, men som afslutningen på rejsen nærmede sig, ville Oluf gerne have lidt extra at byde sine børn. Derfor blev det til Ryokan i Shimoda.

De spiste resten af maden, de havde indkøbt i Fujisan, og nåede lige at få et glimt af Stillehavet og den forrevne kyst, som fór forbi kupévinduerne, før det blev mørkt. To timer senere sprang de af toget på den sidste lille station inden Shimoda, og stod nu mutters alene på en tom vej uden at vide, hvor Ryokan var. Men gudskelov for gps, fandt de ruten derhen, som var på 2 km. - Ikke så galt, skønt de var godt trætte. De nåede frem til en blomsteromkranset indgangsportal og trådte op i en stor modtagelsessal, hvor lange rækker af tøfler var stillet foran en høj trappe, som førte til receptionen.

Her stod en statelig ældre kvinde med udbredte arme og smilende højrøde læber og tog imod dem. En lille krumbøjet mand løb på hendes befaling hen mod den høje trappe og pegede på tøflerne, som han med tegn opfordrede dem til at tage på. De smed deres tunge oppakning med lettelse,

skiftede fra sko til de opstillede badetøfler, og kunne så træde op i hallen. Mandslingen pilede over i et hjørne og stod parat for at være behjælpelig. Kvinden begyndte på en længere velkomsttale. Hun var sminket omkring sine øjne, og kinderne var hvide med rosa stænk. Hendes dragt var kimono i guld og sølv, og hun havde firkantede små træsandaler på fødderne. Mads satte sig træt på en stol. Mette stod ved siden af sin far og påhørte talen. Da hun var færdig med at beskrive ryokans fortræffeligheder, skulle hun vide, hvem de var og have deres pas. Hun udstødte et lille skrig af begejstring, da Olufs profession gik op for hende, og hun nejede straks dybt for hele selskabet, som var de kongelige på besøg. Den lille krumryggede blev kaldt til og fik nøglerne til deres værelse. Så viste hun med en fejende bevægelse selskabet op ad nogle trin ind i en oval tunnel, hvor den lille mand sprang i forvejen. Det var en labyrint af gange og trapper. De passerede vinduer ud mod små haver med bassiner og rislende kilder. Jo længere de kom frem, des mere æventyrligt og mystisk forekom det hele. Det var klart, at det var en ældgammel Ryokan, som havde ligget her i hundredevis af år. Støvet lå tungt på karme og tæpper, og der lugtede sødligt af svag forrådnelse. På vejen kom de forbi et forhæng, der dækkede over indgangen til en stor onsen. Her var hylder med renvaskede hvide hånklæder og store pools med dampende varmt vand omkranset af brede kampesten. Børnene livede lidt op, da de så det. De drejede om et hjørne, og manden låste op til to store rum og en veranda. Her skulle de bo.
Madrasser på gulvet. Lavt bord med disse stole uden ben. De hældte deres tunge rygsække af sig. Mads smed sin rullekuffert, og så gik de allesammen i Onsen!

Mette gik for damerne, Mads og Oluf gik ind i mændenes afdeling. Der var kun en enkelt dame i badet, da Mette kom ind. Det var en stor og velnæret amerikansk kvinde med et mut udtryk om munden. Mette hilste venligt på hende, men fik kun en sur vrissen til svar. De sad ved siden af hinanden, mens de foretog de nødvendige afvaskninger før nedstigningen i det skoldhede vand. Nu begyndte kvinden højlydt at beklage sig over Ryokan: - Everything is so dirty here, and the staff is quite rude and impolite, and they don´t even serve breakfast. What do you think? Hun drejede sig med et vredt udtryk i sit nu let opsvulmede ansigt mod Mette. Mette blev flov over den vrede, hun udstrålede og prøvede at glatte ud: - Du må tage tingene, som de kommer, ikke? Her er da meget rart. I det mindste her i badet, og hvad resten angår, så kan jeg godt se, at det er et gammelt og slidt sted, men det har da også sin charme. Måske vandrer der nogle japanske spøgelser rundt om natten, som vi kan få til at fortælle historier! Kvinden vred sig på den lille skammel, hvor hun sad.- Uhuuu, not for me. I hate ghosts. But it might help, if we cook our bodies in the big pot over there. Hun pegede på den dampende pool. Ja, lad os blive kogt rene og fri for spøgelser, udbrød Mette og smilede til damen, som lyste op i en glad latter: - I think it is not so bad here, as I first felt.
Lidt efter lå de begge og nød hvorledes deres kroppe slappede fuldstændigt af i den mineralholdige væske.
Inde hos herrerne var der kun Mads og Oluf, og de gik professionelt til værks. Først sidde på den lille runde skammel med en balje varmt vand foran sig og vaske krop og hår med forskellige shampoos som duftede af kanel og kamille. Så skylle af, og dernæst med uhyre forsigtighed og ganske langsomt at nedsænke sig, del for del, i det 50 grader varme vand. Når man til sidst var helt nede, var det som at blive genfødt. Al dagens slid og møje og problemer opløstes, og sind og legeme faldt til ro. Efter opstigningen, det iskolde sus fra bruseren på væggen, og så en grundig frottéren med de rene, hvide velduftende håndklæder, som lå og ventede på hylderne. Badekåben

på, og så var de klar til at holde fællesmøde i deres nye værelse og planlægge, hvorledes den næste dag skulle forløbe.

De skulle i hvertfald på stranden. Det havde de besluttet. Måske kunne de også finde et sted at dykke. De googlede lidt på emnet, og fandt også en dykkerskole, med både der sejlede ud til rev, men var for trætte til at finde ud af noget konkret. De tørnede ind med hver deres iphone og ipad, og snart kunne Oluf slukke lyset og trække hovedtelefonerne af sine børn, der begge var slumret ind, mens tidens hotte toner buldrede i deres ører.

Dagene går. Den ene efter den anden. De smukke oplevelser passerer som perler på en snor. Snart er rejsen forbi.

Oluf står tidligt op. Allerede kl 7 er han klar og i tøjet. Han vil ud og se sig lidt om og finde ud af, om han kan skaffe noget mad. For ganske rigtigt, de serverer intet til morgenmad, endskønt det havde været dyrt nok med den Ryokan. Han spadserer ned ad vejen, hvor husene på begge sider er ganske tillukkede, og der ikke er en eneste butik at spore. Han drejer om et hjørne og står på en bro, hvor der dybt nede løber en næsten udtørret flod. Han skimter en enlig fisk, som er fanget i en lille indsø. Det er det liv han møder. Han går lidt videre og tænker på, om det er det forkerte sted, de har valgt, men skyder bekymringen fra sig. Det er nok bare alt for tidligt, han er ude. Så vender han om og går tilbage for at vække sine to kammerater, så de kan finde en bus, komme ned til havet og deres ønskers mål.

De har ikke fået hverken vådt eller tørt, da de en time senere står ved busstoppestedet. Det ligger lige ved en skole, og her venter en stor mængde ens klædte japanske skolebørn ligeledes på at blive transporteret. Bussen kommer præcis til tiden, og et kvarter senere er de ved byens centralstation midt i Shimodas centrum. Herfra går busser til flere forskellige strande, og de ser, at til den strand som Mette har valgt, er der først afgang om en time, så de kan nå at sætte sig ind i et konditori, som også har morgenmadsservering. Der bliver valgt scones og kringler med smør og smooties og kaffe og the, og de sætter det hele til livs og skal lige til at betale, da Oluf uopmærksom drejer rundt på sin stol og kommer til at skubbe bakken med hele deres service, kopper og glas på gulvet, hvor det splintres i tusind stykker. Oluf er ulykkelig og børnene skælder ham ud: - Du skulle se dig lidt bedre for, snerrer Mads, og Mette ryster på hovedet. - Gamle far, siger hun stille. - Tak for de ord, svarer Oluf tilbage. Men damen i konditoriet kommer ham til hjælp. Hun er venligheden selv, og kommer med kost og fejespand og tørrer op og siger: - No, no, no. No problems, og de får lov til at gå uden at betale erstatning for det knuste porcelæn.

Så går bussen til stranden. De kører ud langs kysten og passerer flere indbydende små laguner på vejen. Længst ude ligger den største strand, og her skal de af.

Tusindvis af mennesker opfylder en kilometerlang strækning med lysegult sand. Det er brandhedt og sandet er ikke til at træde på. Lige ved nedgangen til området står et skilt, som advarer mod tsunami. Der er pile, som peger i retning bagud og op, og som markerer nærmeste flugtvej. Det krymper sig lidt i dem, da de læser beskeden. Det er altså en mulighed her, at blive ramt af en flodbølge. De skuer ud over havet, men det ser fredeligt ud, og de mange mennesker virker helt rolige og

pjasker i vandet eller leger på bredden. - Så kan vi vel også tillade os at gå derned, siger Oluf. -Men det er nu lidt skræmmende, tilføjer Mette.

Mads er løbet i forvejen, han er ikke bange. De går ned og finder et sted, hvor de kan brede deres tæppe ud. Det varer ikke længe før der ligger to unge mennesker tabt for omverdenen og nyder solens bagende stråler. - Har I husket faktorcreme, spørger Oluf. - Selvfølgelig! svarer de begge. Oluf kan ikke holde ud at sidde i solen. Han har medbragt en lille paraply, som han gemmer sig under. Han sidder lænet op ad rygsækken med de medbragte madvarer og skygger for den, så de kan forblive kølige.

Lidt senere skal de i vandet og Oluf vil også være med. Bølgerne er tårnhøje og med vældige overfald, som helt slår fødderne væk under dem. Der er surfere rundt omkring, som det kan være farligt at komme for nær, men de klarer sig ud forbi de brækkende bølger til det mere rolige vand og ligger og snøfter og pruster og er endelig i deres rette element. Alle vegne er der folk, og alle er japanere. De ser overhovedet ingen turister. Mændene er små og adrætte. De laver saltomortaler på bredden, mens de spinkle piger med farvestrålende bikinier ser beundrende til. Mads og Mette må straks op og koge videre i den stærke sol, og det kan Oluf slet ikke holde ud, så han fortrækker hen til en 7 eleven ved vejen og køber sig en iskaffe. Her flokkes folk om mikroovne, der bruges til at tilberede nudler med kød og fisk. Der er et leben, og Oluf nyder at betragte menneskeheden folde sig ud. Han er den evigt rejsende. For ham er hvert øjeblik unikt, og han er især interesseret i at se, hvordan hans egen art tér sig. Han kan ikke altid forstå tilbunds, hvad der sker i verden. Der er så mange forskellige meninger og retninger, og det er svært at finde rundt i. For ham. Men så viser der sig altid et eller andet, som bringer ham videre. Et venligt smil fra et menneske, han ikke kender, eller en fugl som lander på hans hoved og lægger en klat. Ja, ligegyldig hvad. Han tænker på, hvor fantastisk det hele er, og hvor uvidende vi er blevet. Jo mere vi finder på, des mindre ser vi af den virkelighed, som omgiver os. Alle farer afsted i hver sin retning.- Men sådan er det vel, og der er ikke noget at gøre ved det, tænker han og drikker sin kaffe ud.

De spiser deres medbragte kiks og salat og drikker cola til. Så går Oluf en tur alene langs med stranden hen til nogle klipper, hvor børnene fanger krabber i små huller i stenene. Der står en spand, og han kravler hen og kigger ned i den. Der svømmer to rejer rundt om en dusk grøn tang. I bunden ligger to små krabber helt stille. Han betragter disse dyr taget ud af deres rette element. Måske bliver spanden glemt, og vandet i den fordamper, og dyr og planter dør. Måske sker det samme med os, tænker han. Måske bliver vi også glemt en dag. Måske er vi allerede glemt. Glemt af os selv. En frygtelig tanke, som han skyder fra sig.

Mette kommer op over klippekanten. Han viser hende mønstret i de stivnede vulkanske sten, som massivet, de står på, er dannet af. Han viser hende også spanden med dyrene, og resolut, som kun Mette kan være det, tømmer hun indholdet ud i bølgerne. - De skal ikke stå og tørre ud der, siger hun, og skeler til en lille japansk dreng i nærheden. Men han har sin egen spand, og tager ikke notits af Mettes handling. - Pyha, det var bedre, siger hun. -Jeg kan ikke have, at dyr lider. Selv ikke rejer!

Mads er populær. Også blandt de små japanske piger på stranden. Da Oluf og Mette kommer tilbage, står han omgivet af en hel flok, som alle vil have taget en selfie sammen med ham. Han er en flot dreng. Stor og muskuløs, og pigerne kan slet ikke forstå, at han kun er 17 år! Han rødmer klædeligt, men lader sig alligevel fotografere med de små bikinidamer. Mette driller ham lidt: - Nåh, der er nok fluer om det friske kød, siger hun grinene, og når lige at dukke sig for en tom plasticflaske som Mads velplaceret sender lige i hovedet på hende!

Så var det da blevet aften. Stranden tømtes langsomt for folk.
- Det er den blå skumringstime, den bedste på dagen, sagde Oluf, mens de langsomt bevægede sig mod udgangen. - Varmen er taget af og luften er igen mild og duftende. Det er ligesom alle planter og dyr vågner op igen ovenpå den frygtelige hede. Skal vi ikke sætte os lidt her og spise de sidste kiks? Så satte de sig igen på en bænk og blev siddende og småsnakkede mens lyset ud over havet skiftede til en blød lyslilla tone, som virkede på dem, så de tilsidst bare sad helt stille uden at mæle et ord. Da var Oluf tilfreds, og glad i sit sind over den ensstemmighed der hvilede

over dem. Han havde nået, hvad han havde håbet ville ske. At de allesammen følte sig ligeværdigt tilstede på samme tid. Hans børn og ham. Sådan var det i det øjeblik.

Middag, mad, spise. Var nu en påkrævet ting i deres tanker. De hoppede på bussen tilbage til Shimoda og begyndte at søge efter et passende sted at indtage dagens hovedmåltid.

Fisk og skaldyr var byen berømt for, så det skulle de selvfølgelig have. Men de fleste steder, de passerede på vej ned mod havnen, var turistede og intetsigende. De gik ad smalle gader ned mod statuen af Perry, kaptajnen fra the Black Ships, som var de første der anløb Japan efter århundreders isolation. For som Oluf sagde, så havde de i det mindste set dén, om de nu ikke fandt en restaurant, der var værd at besøge!

De så et sted med en rød lampe udenfor, hvor døren i det samme gik op for et par på vej ud. Der lød summen af hyggelig snak derindefra, og de fik lige set, at lokalet var propfyldt med mennesker. Oluf sprang til, og de blev ledt indenfor. Der var ikke plads i stueetagen, så de fik et helt rum for sig selv på første sal. Da de ikke forstod et kuk af spisekortet, lod de værten sammensætte deres ret med pålæg om, at det skulle være fra havet. De satte sig til at vente, og i ventetiden førte de en fornuftig samtale om alt mellem himmel og jord og drak sodavand og øl til. En halv time senere dukkede værten op sammen med sin kone bærende på et mægtigt fad, på hvis midte en helstegt havlaks tronede. Rundt omkring på fadet lå artiskokker og braserede løg. Dertil en stor skål ris og suppe i en terrin. Det duftede herligt. Smilende og bukkende trak værtsparret sig tilbage og overlod selskabet til sig selv.

Og så kan det nok være de langede til retterne!

- Du siger, du er tandlæge! Oluf kom i snak med en ældre europæisk udseende dame, han havde rejst sig op for i bussen. - Japanerne er de bedste tandlæger i verden. Jeg kommer lige fra en. Han er så behagelig og laver ikke mere end det nødvendige. Oluf havde fortalt lidt om sig selv, da damen spurgte ham, hvad han lavede her. Hun viste sig at være amerikansk statsborger gift med en fra landet. Hun fortalte, at hun var blevet forhindret i at tage til USA, fordi hun havde deltaget i, hvad hun kaldte "Peace keeping actions". Det kunne de ikke lide derovre. De antog hende for kommunist og samfundsskadelig. Derfor var hun flyttet permanent til Japan og havde oprettet en skole, hvor de trænede børnene i at opføre sig ordentligt overfor hinanden, som hun sagde. Oluf kunne sagtens sætte sig i hendes sted. Han var jo selv forment adgang til Guds eget land på grund af episoden i Nordnorge, hvor han havde røget marihuanna med nogle unge mennesker for 50 år siden. - Ja de er skrappe derovre, sagde han. - Og det bliver værre og værre. Panikken breder sig, og trusler om vold og terror gør det ikke nemmere.

Damen skulle af ved det samme stoppested som de, og hun viste dem vej til den lille nye strand, de havde valgt at besøge den dag. - Det var hyggeligt at møde dig! Oluf fik et knus, og så skiltes de. De vandrede ad en smal sti omgivet af høje træer ned i en lavning, der åbnede sig mod en lagunelignende strand med stejle klipper, hvor brændingen ramte ind fra havet. Det var de samme enorme bølger, de havde oplevet i går med surf, som ustandselig bragede ned, og der var næsten ingen mennesker at se. Men tsunami skilte var der overalt, så også her skulle man åbenbart holde grundigt øje med havet og se at komme væk ved det mindste tegn på jordskælv. Det skærpede deres opmærksomhed, og gjorde alting stærkere og klarere i indtrykket.

De slog sig ned, og Mads og Mette fandt en plads i solen, mens Oluf søgte ly i skyggen op ad en stenskrænt. Ved siden af ham lå en ensom kvinde og sov, mens hendes radio udsendte klagende lyde. Han havde mest lyst til bare at gå hen og slukke den, da hun åbenbart intet hørte, men han tog sig i det, lænede sig op ad sin rygsæk, og faldt hen. Kvinden vågnede og opdagede, at hun havde fået en nabo. Hun så vredt på ham. Som om hun mente, han udspionerede hende. Oluf forsøgte sig med et smil, men fik kun en overbærende mine til svar. - Så var den konversation færdig, tænkte han og rejste sig. Han gav sig i stedet til at undersøge de stivnede vulkanske former, som klippen bag skrænten bestod af, og opdagede til sin overraskelse en menneskelignende figur træde lige ud af overfladen. Det lignede ansigtet af en neandertaler. Halvt abe og halvt menneske. Han tog et billede, som han

senere satte på instagram med titlen: "My friend and ancestor: The natural man". Oluf var nemlig hele tiden på udkig efter noget, som han egentlig ikke selv vidste, hvad var. Han havde altid været meget forundret over livet som helhed og forstod ikke, hvordan andre kunne være så skråsikre om alting. Ligesom hende damen ved siden af, som lige så godt kunne have smilet tilbage. Men sådan var de fleste. Fordomsfyldte og ignorante. Ikke til at tale med. Nå, pyt med dem, tænkte han. Livet er jo dejligt, og så sprang han ud i en af de frådende bølger.

Igen oppe over vandet, hørte han glade skrig omkring sig. Det var Mads og Mette, der også skulle have sig en dukkert!

Der var begyndt at brede sig en stemning af fred og afslappelse blandt dem. Den lange rejses mange mål var nået. De havde nu været så længe i Japan, at de næsten havde en fornemmelse af at bo der. Det mærkelige var, at de slet ikke følte japanerne som en fremmed race. De var mennesker lige som de selv, og de færdedes blandt dem på lige fod. Det var rejsens egentlige resultat, at de i smeltediglen var blevet mixet godt og grundigt sammen, så de nu blot var tilstede, hvor de var. Og tingene var begyndt at give sig af sig selv. Det krævede ikke de store diskussioner eller spekulationer at komme videre. Enhver situation var nok i sig selv og åbnede automatisk op for nye muligheder. Solen bevægede sig roligt hen over himlen og aftenen ankom som ventet med blå time og kølig luft. Efter en lang varm dag på den lille strand tøffede de på bare tæer op gennem sandet til stien, som langs med blomsterbevoksede marker førte dem til vejen med busstoppestedet.

Det store køretøj ankom få minutter efter og bragte dem til stationen, hvor de stod af og gik hen ad den brede gade med de mange butikker, som solgte armbånd med hajtænder, som de alle tre købte, og så var den lille familiekreds atter beseglet som en enhed. Det var derfor heller ikke svært at blive enige om, at i dag skulle de ikke spise nogen stor middag på en fin restaurant. Næh, de ville have is. Store is, hvis de kunne finde det, og det var ikke nemt. De måtte støve gade op og gade ned, men var ikke på noget tidspunkt i tvivl om, at stedet var der, og ganske rigtigt, som i et æventyr dukkede for næsen af dem den nydeligste lille bar med plysbetrukne stole og svømmende fisk i neonbelyste akvarier op, og døren var åben, så der gik de ind. Menuen var udelukkende isanretninger. Nogle var yderst specielle bestående af håndrullede pandekager med aloverasmør og knuste mandler, hvorpå der kunstfærdigt var anbragt klumper af irgrøn is og på toppen nogle små dybtrøde bær, som Mads kendte, og som han fortalte, var meget sunde for fordøjelsen.

Mens de ventede på serveringen, ringede Mettes telefon. Det var børnenes mor, som ville vide, hvordan de havde det. Mette førte ordet overfor telefonen, som lå midt på bordet, og hvorpå et levende billede tonede frem med morens stemme i højttaleren. Halvejs rundt om jorden kunne de nu sidde og føre en samtale med deres mor, mens de satte en kæmpe is-dekoration til livs. -Mageløst, tænkte Oluf og snuppede et af de røde bær, som han knuste mellem tænderne og straks følte sig meget bedre tilpas i maven!
De valgte toget tilbage. Een station, så hoppede de ud i nattemørket og var snart hjemme i deres ryokan, hvor det varme vand i de store onsenkar ventede. I morgen skulle de videre op til Tokyo, hvor de skulle tilbringe de sidste to dage af deres Japanrejse.

Mcdonalds var stuvende fuld, da de slæbte deres tunge rygsække og rulletaske op på første sal, hvor der endnu var et ledigt bord. De havde aftalt at splitte i to, så Oluf først gik over i det store supermarked og proviantered til turen, mens Mads og Mette holdt øje med bagagen og spiste morgen-bufféen sålænge. Der var ikke lang tid til toget skulle gå, så han løb hurtigt derover og fandt, hvad han behøvede, hvorefter han overtog bordet og bagagen, mens de andre var på indkøb. Mens han sad og spiste og ventede, fik han øje på en lille familie et bord længere fremme. Det var en far og en mor og to børn. En lille dreng og en større pige, og der udspandt sig en scene mellem dem, som han kendte alt for godt fra sin egen tid som familiefar. Drengen havde fået en lille bil som gave i forbindelse med sin burger, og han sad stille og legede med den. Rullede den frem og tilbage mellem bakkerne, da hans søster greb efter den og fik den vristet fra ham. Han udstødte et brøl, og så bedende op på sin mor for at hente hjælp. Moren kom ham til undsætning, og skældte søsteren ud. Hun begyndte at græde, og krøb over til faren, som gav sig til at trøste hende. Drengen begyndte nu også at græde, og moren tog ham så på skødet. Drengen kiggede vredt over på faren og søsteren for at demonstrere sin ret, mens søsteren anlagde den mest uskyldige mine, og så op på faren, som strøg hende over håret. Søsteren så hoverende over på sin bror. Moren og faren så vredt på hinanden og begyndte at skændes. Børnene havde taget parti, og familien var skilt. Sådan havde det ofte været dengang Oluf og børnenes mor levede sammen. Det var en umulig situation. Det var også derfor, det havde været så stor en glæde for Oluf at rejse alene med sine to unge mennesker.

I det samme kom de op ad trappen med poser fyldt med proviant til den lange togtur. Oluf ville fortælle dem om det lille optrin, men tiden var knap. Toget skulle gå om 10 minutter, så de måtte bare se at komme afsted.

Et øjeblik senere sad de alle mageligt bag de store panoramavinduer i expressen på vej mod Tokyo.

Sidst de havde kørt den tur, var det mørkt, hvor de intet kunne se, men nu var det en glitrende morgen med strålende sol, og togstrækningen løb langs kysten ind og ud forbi små landsbyer og klippefyldte strande. De sad klinet til vinduerne. Toget var næsten tomt, så de havde hele kupeen for sig selv. Lækkerierne, de havde købt, bestod af bløde sandwich med tun og laks, som de ved middagstid, da de var nået omtrent halvvejs, spiste sammen med grøn the i dåser.

I stedet for at køre helt til Tokyo og så skifte, havde Oluf fundet en hurtigere rute med skift i Yokohama, hvorfra der gik tog direkte til Gakugei-daigaku stationen, som var der, de skulle af for at komme til deres sidste airbnb bolig i Japan. Oluf havde valgt et godt sted til deres ophold. Det var nok lidt dyrere, end hvad de ellers havde givet, men det var en hel lejlighed med stor stue og soveværelse, og han glædede sig til at servere herlighederne for sine børn.

Wauu! sikke en overraskelse. Her er vel nok lækkert! De trådte ind i en smuk lille entré med blomster i vase på skænk, og videre ind i stor stue med køkken kombineret og udsigt. Soveværelset stort med bred dobbeltseng, og et tilstødende værelse med endnu en seng. Ingen madrasser på gulvet og masser af plads. Badeværelset stort og lyst og bedst af alt, det hele var skinnende rent og velholdt. Værten havde skrevet en notits, de fandt på bordet, hvor han ønskede dem velkommen og bad dem passe godt på sine ting. - Det kan vel ikke være så svært, så lækkert det hele er, sagde Mads. - Ja, nu må vi se, svarede Oluf. - Det kommer jo fuldstændig an på jer. Vi skulle nødig have en lignende historie som den i Kyoto. - Det gælder vel også dig, ikke? spurgte Mads med et syrligt smil. - Jo, jo, selvfølgelig, svarede Oluf, og krøb en smule.
De var havnet midt i et af de mest livlige kvarterer i Tokyo. Så snart de kom ned med elevatoren, stod de på gaden, som var fyldt med folk og butikker og små fristende barer og restauranter. De slentrede langsomt afsted og fandt snart, hvor de ville spise deres aftensmad.

Dagen efter var sidste hele dag, de havde i Japan. I Tokyo skulle børnene være alene for at drøne rundt og købe ting til sig selv og gaver til dem derhjemme. De aftalte at mødes ved statuen af hunden. Her skulle de være kl. fem. Så havde Oluf fundet en god sushi restaurant, hvor de kunne få deres sidste aftensmåltid i landet. Hunden var den berømte Hachi, der hver dag hentede sin herre, en professor fra universitetet, når han var færdig med at undervise og skulle hjem. Så stod hunden udenfor punktlig til tiden. Det gjorde den også den dag professoren døde, og hver dag derefter i hele resten af hundens levetid. Den ventede på sin herre og fulgte ham troligt hjem, endskønt han var død og borte. Oluf fandt det meget passende, at det var her, han skulle møde sine børn, for som han tænkte: - Det var nok professorens sjæl, hunden hentede, og en så klar hentydning til udødelighed, fandt han meget overbevisende og livsbekræftende. Han havde aldrig kunnet få sig selv til at tro på det skræmmebillede, folk i almindelighed havde af døden.

Som en af hans mange vejledere i livet engang sagde, så eksisterer døden slet ikke. Det er blot en "omorganisering" af atomer! Han havde da heller ikke selv den store tiltro til kirkens udlægning. Så vidt han kunne se, var den største fejl, menneskeslægten havde begået, den at bilde sig selv ind, at den havde kontrol over noget som helst. - Vi har jo ikke skabt os selv, så hvordan kan vi tro, at vi via vores tankevirksomhed og vores endeløse snak og palaver kan løse alle de problemer, der er her i verden. Det er jo netop på grund af denne halsløse overbevisning om vores egen ufejlbarlighed, at det hele ser så helvedes ud som det gør!

Efter morgenmåltidet med æbler og yoghurt, indkøbt i den lille shop nede på hjørnet, skiltes de. Oluf satte sig nu til at finde det bedste Sushi-sted i heleTokyo, og "Sushi no Midori" i Shibuya var, hvad han bestemte. Så satte han sig til at tænke over tingene. Det gik der en hel time med. Nu var han frisk til en tur i byen. Han ordnede sit lille filmkamera, så det var opladet og med friske sd kort. Tog sin lette rygsæk på skuldrene og vandrede ud i den hektiske by. I toget fra Gakugai-daigaku stationen tegnede han lige et par skitser på sin ipad. Det var dejligt nemt med den ipad, for han behøvede ikke at slæbe papir og blyant og blæk med sig. Det hele var i den lille maskine, og han brugte fingeren til at tegne med. Det gjalt om at være hurtig i vendingen. Snart holdt toget på en station, og hans model trådte ud. Så skulle han gerne have snittet figuren færdig. Han gjorde det til en sport, at fange ansigt og krop i få streger, således at ingen tanke kom imellem indtryk og streg. Så skete det magiske en gang imellem, at tegningen tegnede sig selv, og personen i et splitsekund stod lyslevende på den hvide flade. - Fantastisk, så lidt man egentlig behøvede for at opleve livet i al sin mangfoldighed, tænkte han, og var midt i Shibuya crossing. Dette vejkryds, hvor 5 vognbaner mødes, og hvor hele arealet hver 2 minut tømmes for biler, så tusindvis af mennesker kan komme over. Her stod han og filmede og kommenterede samtidig. Lysreklamer flimrede ned fra skyskraberne som indrammede stedet, og han så i et skæbneøjeblik, hvorledes det hele styrtede sammen og begravede menneskemængden.

Japan ligger ovenpå en af de store forskubninger i jordskorpen, og er derfor ofte udsat for jordskælv. Tokyo kunne når som helst blive ramt. Så ville alle disse mennesker og al denne overflod gå tabt. Så ville også han forsvinde. Hans lille film kamera inklusiv. Så simpelt og så let. Nu havde han lige hørt, at de store nationer, USA, Rusland og Kina havde besluttet at opgradere deres atomvåbenarsenal. USA alene havde budgetteret 200 milliarder dollars til formålet. Så enten blev det jordskælv eller også blev det atomkrig. Det kom ud på ét. I det samme kom en lille gammel kvinde forbi. Han rettede sit kamera mod kvindens ansigt. Hun standsede og så op på ham. Så sendte hun en spytklat lige ind i objektivet. Oluf stod som lammet. Hvad havde han gjort? Havde han set for meget? Var der grænser for, hvor nært man kunne betragte sine medmennesker? Eller var det netop, hvad han så. Alverdens elendighed. De mange, mange mennesker der som myrer kravlede frem i hver deres bane, styret af højereliggende magter og i sidste ende af penge. Som kun kunne leve med en mobiltelefon i hånden, fordi de havde tabt enhver kontakt med omverdenen. Han skælvede ved tanken, og pakkede skyndsomst sit kamera sammen og styrede sine skridt i retning af den lille hund.

Tobakstågerne bølgede hen over pladsen, hvor statuen af den lille hund var opstillet. Oluf gik nærmere. Det var her, han skulle møde sine to voksne børn, og der var lidt tid tilbage til det aftalte tidspunkt. Han banede sig hostende ind mellem de mange rygende mennesker og fandt en bænk, han kunne sidde på. Man havde åbenbart fra myndighedernes side fundet det passende at anbringe et udendørs rygerum lige der, hvor hunden var opstillet. Overalt sås mennesker med cigaret i munden og mobiltelefon i hånden. Oluf satte sig ved siden af en lille familie, hvor faderen havde et flag anbragt på toppen af sin hat, så det kunne rage i vejret og på den måde angive, hvor han befandt sig i mængden. Det kunne ofte være nødvendigt, tænkte Oluf, som selv gentagne gange havde mistet kontakten med sine børn i de store menneskemasser i Tokyos gader. Han sad og slumrede lidt, da der lød et skrig, og hunden løftede sit hoved og stirrede ud over de mange mennesker. Skriget kom fra en kvinde, der netop var ved at tage en selfie med hunden som

baggrund. Hun sank om på asfalten, mens folk omkring hende fór forskrækket tilbage. Hunden sprang ned fra sin piedestal, og gav sig til at løbe søgende omkring. Den ledte åbenbart efter sin herre. Den kom hen til Oluf og satte sig foran ham, og gav sig til at tale. Den sagde: - Jeg ved godt du ikke har forstået en skid af japansk kultur eller liv, men jeg vil alligevel takke dig, fordi du har bragt mig til live. At sidder her år efter år som en statue, og især nu, hvor bystyret har omdannet min lille plet til et udendørs rygerum, har været forskrækkeligt. Nu vil jeg følge dig, som troede på min mesters evner. Han vidste mere end de fleste. I dag er alle ignorante. De ser ingenting. Er opslugt af deres egne gøremål. Men du min ven, så mig og bragte mig til live, og det takker jeg dig for. Så gjorde den et spring og satte sig op på Olufs skød. I det samme vågnede han ved, at hans datter Mette satte sig på skødet af ham, mens hans søn Mads stillede sig op foran og tog et billede af hele herligheden. Da billedet blev fremkaldt, var det ikke søster som sad på hans skød, men Sofus. Hans lille dansk-svenske gårdhund, som han engang havde haft med på sit skib på sine mange sejlture i Middelhavet!

Nu skulle de have sushi, ja de skulle! Det havde han lovet dem, og så skulle det også være. Det foregik oppe på en arkade bag ved Shibuya stationen. De havde stort besvær med at finde stedet, for det var oppe på første sal, og gps på mobilen viste, at det var i stueetagen. Da de endelig nåede derop, mødtes de af en kø på flere hundrede mennesker. Man fik udleveret numre og skulle vente udenfor, til et bord blev ledigt. Klokken var syv. De spurgte, hvornår de kunne komme ind og fik at vide, at der nok ville gå to timer. Mads var rasende. Han var sulten. Når Mads var sulten, så skulle han spise. Helst øjeblikkelig, og her måtte han vente to timer. Det var umuligt for ham at overskue. Konflikten truede. Så fik Oluf en idé. De måtte finde et sted, hvor de havde snacks eller sådan noget, som kunne dæmpe drengens drabelige sult. Hopsa, så lå der en Starbucks lige udenfor det sted, de stod. Oluf kiggede ned og så Sofus sidde med sit eenøjede smil om snuden. (Sofus havde kun eet øje. Han var født sådan. Men det forhindrede ham ikke i at finde vej.) De andre lagde ikke mærke til Sofus tilstedeværelse, men det betød ikke noget. Oluf vidste, han var der. Det kunne han jo se.

Klokken halv ti blev de lukket ind i sushiparadiset.

6 mænd stod oppe bag en lang disk og tilberedte de mange forskellige små ruller og snitter og plader med tang og fisk og ris og alt muligt andet godt. Et bord blev anvist af en smuk amerikansk talende japansk kvinde, som Oluf straks fik et godt øje til. Hun serverede hele tiden fade med nye slags fisk, og Oluf drak varm sake, mens børnene fik sodavand lavet på grøn the. De åd, så de segnede og blev først færdige, da stedet lukkede.

Ved midnatstid stod de på Shibuya station og så op mod det store vægmaleri, som forestiller det øjeblik da bomben detonerer over millionbyen Hiroshima. Et mægtigt glimt med grønblå stråler, der strømmer ud fra en dødnings knoglekrop og rammer helt ud i den yderste afkrog af verden, så ingen skal være i tvivl om, hvad der sker. Det er det sidste de ser af Tokyos centrum. Den næste dag er det slut.

200 milliarder dollars er sat til side til at opgradere USAs atomvåbenarsenal, læser Oluf atter i overskrifterne den næste dag, hvor de skal afsted. - Jeg troede, at de skulle skrottes, de våben.

Men det er øjensynlig ikke tilfældet, siger han til sine børn, mens de går og rydder op i den fine lejlighed. -Tænk, hvis alle pengene, som nu bruges på våben og krige, blev brugt på at få denne planet til at fungere i fred og fordragelighed. Så ville der ikke være ét eneste menneske, som ikke *fik det nødvendige til sin eksistens. Alle ville have nok, og alle ville være glade. Men sådan er det ikke, fordi vi ikke kan blive enige om noget som helst. Alle vil rage til sig, og derfor får vi denne skrupforkerte fordeling af goderne. Oluf taler sig varm. - Nu går daddy i selvsving igen, siger Mads tørt. Han har sin egen måde, at lægge en dæmper på sin far, når denne giver sig til at løse verdens problemer. - Ok, siger Oluf. Vi får se. Men nu skal vi også bare gøre ordentlig rent efter os. Og så fortsætter de med at støvsuge og lufte ud og lægge alting pænt på plads.

Toget til lufthavnen er almindeligvis meget dyrt, men Oluf finder en smutvej via metroen, hvorved de får turen til den halve pris. Så står de da atter med fuld tung oppakning og skal sige farvel til deres sidste bolig i Japan. De drejer nøglen om i låsen, lægger den i brevkassen og bevæger sig ud i Tokyos travle hverdag.

Flyveturen til Abu Dhabi bliver lang og tung. Det enorme Boeing fly med de over 500 passagerer løfter sig kun med besvær fra jorden. Maden er kedelig og tør, og de sidder 10 timer tæt sammenklemte uden ordentlig benplads. De lander tidligt om morgenen den næste dag og finder en bænk og lægger sig til at sove. Oluf vågner ved, at en sur sok kilder hans næse. Det er en medrejsende, som har lagt sig på bænken med fødderne op i hans ansigt. Han rejser sig og går ned i en frugtjuice bod for at få en forfriskning. Mads og Mette dukker op, og idet de får serveret juicen, vender Oluf sig om for at hente servietter. Hans rygsæk strejfer bakken med glassene, der ryger på gulvet og knuses med et brag. Folk ser vredt på ham. Mads og Mette ryster på hovedet. Oluf føler sig forladt af alle. Han gjorde det jo ikke med vilje, men sådan er det at blive gammel, tænker han.

Det bliver hurtigt glemt, og snart er de i Berlin, hvor pølser og øl serveres fra brede egetræsborde, og hvor de skal vente 2 timer, før deres fly afgår til København.

I lufthavnen står Mettes kæreste og tager imod. Han ser sur ud. - Det er nok fordi jeg har bortført hans dame, tænker Oluf. De skilles og Mads og Oluf finder toget mod Nykøbing, hvor de falder i søvn. To timer senere bliver de afhentet på stationen af Sus, Børnenes mor, som er brasiliansk af oprindelse. Hun snupper Mads og er ellevild over at se ham. Oluf bliver sat af i sit lille hus. Så er han atter helt alene.

Tror han. For i entreen sidder Sofus og griner til ham, idet han lukker sig ind. Og ude i poolen i haven svømmer tre store havskilpadder rundt. Han sætter sig på ryggen af den ene og med Sofus i spidsen drager de alle ud i verden på nye æventyr. Ja ja ja.

Og atter ja.

© 2021 – Jens Michael Høy
Forlag: Books on Demand – Hellerup, Danmark
Fremstilling: Books on Demand – Norderstedt, Tyskland
Bogen er fremstillet efter on-Demand-proces
ISBN 978-87-4302-810-9